靈魂的羽毛

拉比的女兒 上

作者——蕾蕾亞拿
插畫——蛇皮

目錄

第一章

第1節　異邦人

聖樹曆（HT.E.）2844年，夏季。

隨著曙光冉冉升起，空氣也稍微溫暖起來。意識迷濛之際，螺旋槳的嗡嗡聲慢慢回到耳邊，一開始只是斷斷續續的，很快便串成連綿的長音，並且越來越大聲——

亞拿輕輕睜開惺忪的眼睛，呆呆望著「跌倒」的瞭望台護欄與天空，過了半晌才想起來，原來自己看夜景看到睡著了，忘記回客艙過夜。

她慵懶地站起來靠在護欄上，並將身上毛毯裹得更緊一些。畢竟，飛船的速度加上高空的氣溫，就算有豔陽照耀跟羊毛斗篷，寒風也是能切進骨子裡的。

順著飛船航行的方向望去，蔚藍的天幕下除了綿綿雲浪，還能發現一小段朦朧的山脊攀附在視野邊緣，那應該就是加芙以拉奇大陸的山脈吧，看來距離目的地已經不遠了。

又將目光轉向左邊，乍看之下景色都一樣，但只要專注凝視，就能在視界的極處，窺見錫安大陸地盤的一小角。再把視線往上仰一點，透過陽光反射，能發現天空印拓著枝葉淡淡的輪廓，那便是巨大聖樹——亞伯拉罕——的吉光片羽。

此時，一名年過四十的船員從氣球下方爬上來，小心翼翼地跨進護欄。

亞拿瞇起眼眸。「早安吶！」

不過大叔對她沒有好臉色，嘴巴也沒在客氣，使用通用語言——拉奇語——罵道：「臭丫頭，精神可真好呀。妳答應我只上來一下，卻給我待了一整晚，要不是我用枕頭做假人騙過船長，有人就要走木板了！果然，紅頭髮的傢伙都不能相信！」

「對不起嘛，我被滿天的星河迷倒了！不然，我把剩下的菸草都送你吧，拜託原諒我嘛！」亞拿邊說著，邊從行囊中掏出一顆小布包。

大叔立刻收下賠禮，嘴角不禁上揚。「哼，算妳識相。真虧妳待得住，一般人不用說一個晚上，幾個小時就凍成冰棒了！」

接著，他從一旁的箱子中，取出一支掛滿各種尺規與副鏡的望遠鏡。嫻熟地調整上頭的刻度，再逐一瞄準各個需要確認的目標，最後打開護欄旁的傳聲筒蓋，說出一大串航天術語。就像唸魔法咒語一樣。

「已經進入加芙大陸的空域了，大約再過一、兩個小時就會到港口。」大叔說完，並將望遠鏡收回箱子裡。

離開瞭望台前，大叔回過頭，把她從頭到腳端詳一遍，好奇問道：「我猜，妳應該不是下面那夥人的同伴吧，妳的裝扮看起來不像個商人，比較像是牧羊人，貨艙也沒有妳的東西。一個女孩子的，打算去『席爾薇』的貿易節做什麼呢？」

「我是商人哦，只是商品的體積不大。」一般而言，話說到這份上時，商人都會掏出得意之物開始自賣自誇，但亞拿只是奉上大大的微笑，什麼也沒拿出來。

大叔有些困惑，但看了看手中的布包後，似乎就能接受那說法了。他爬下氣球前，勸告說：「入港前妳最好到甲板露露臉，順便幫忙把船艙的麵包吃一吃，不然整趟旅程沒什麼人看過妳，怪可疑的。」

不久後，飛船如期抵達空港。降落到海面時，龍骨劃起絢麗的浪花，接著由螺旋槳細膩地牽引，讓船身慢慢靠向浮橋。

亞拿嚥下最後一塊麵包，將行囊與長長的牧羊杖揹到身後，戴上尖頂大草帽，興奮地跑上船頭的斜桅，眺望這座倚著海岸建造的城市——

它就是席爾薇王國的國門——波波賽港。擁有多座碼頭與船塢，有海上航道也有塔樓空橋，整條海岸線少說有十幾顆氣球，井然有序地飄上飄下；城牆相當厚實堅固，足以容下多門軌道式弩砲車，附近的山丘與山壁上還有多座哨塔與弩砲台；牆後探出許多漂亮的建築物，港邊擠滿了準備入城的商隊與旅人，以及一座座貨物堆。如此熱鬧與森嚴交織的城市，全浮空世界大概找不到幾座。

跟著商隊的大叔大嬸下船後，一行人在碼頭等上好一段時間。終於輪到他們入關了，領隊從關口那裡跑過來，催促大夥兒往城門移動。

亞拿立刻拉起木杖與魚線，將上鉤的小魚送給一旁的小貓咪，就小跑步去與隊伍會合。

為了盡快抵達席爾薇的都城，商隊不在港都多做停留，快速補給一些糧食後，便直接穿越整座城鎮，從另一座大門離開。

城門外停了許多拉貨用的馬車，簡便的車廂用布棚當車頂，他們全是當地馬伕與護衛傭兵，在這裡等待自己的雇主。

領隊找到約定的車隊，並將成員與貨物一一安頓上車。

亞拿的家當最少，個子也不大，於是他們輕輕鬆鬆就為她找到最合適的位置——貨堆與尾門之間的縫隙。她並不介意，這樣反而剛好，可以看看沿路的風景，以及可疑的動靜。

就在車隊準備出發時，一名年輕人急急忙忙跑到領隊面前，出示了一份文件後，就被帶到亞拿所在的車廂前。

領隊用力地嘆口氣，生怕旁邊的人沒聽見似的。「好的，騎士大人，既然是規定那也只能配合了。不過呢，我們才剛安排好大家的位置，而您非常幸運，這位漂亮的小姐旁邊還有一點點空間，如果她也同意的話，您就可以上車了。」

「請坐，白髮騎士。」亞拿挪了挪身子，讓空位更寬敞一些。

騎士起先有點害羞，但看見領隊已經把手插到腰上，便趕緊向亞拿行簡單的扶手禮，立刻跳上車坐到她旁邊。

這年輕人擁有一頭白髮，身高應該只比自己高一點；右臉頰腫腫的，破爛的白襯衫下有繃帶若隱若現，看得出來體格很結實，但與壯碩還有段距離；懷裡抱著一把佩劍，劍鞘與配重球都鑲了優雅的金屬雕飾，與他騎士的頭銜相當匹配。

他用冰水袋敷臉頰，眼睛直勾勾盯著不斷出現又消失的路面，嘴角時不時會翹起，但很快又彎下去。彷彿很怕別人發現自己心情很好。

「騎士先生，你還好嗎？」亞拿關心問。

聽到呼喚，白髮男反射性地把臉轉過來，快到來不及藏起笑容。「沒、沒什麼呀，怎麼了嗎？」他回道。

「是哦。那——」亞拿叼起一條肉乾，漾起賊賊的嘴角。「什麼事情那麼開心？」

白髮男的臉瞬間漲紅，說話也開始語無倫次：「跟、跟妳沒關係吧！聽妳的口音，妳是異邦人對吧？我根本不認識妳，沒有義務跟妳說！」

「不說就不說，這麼兇幹嘛，你也有月經嗎？」看著對方歇斯底里，亞拿被逗得挺樂的。

這趟來到完全陌生的國度，是為了幫商會尋找某樣東西，目前唯一的線索，只知道它被前一位持有者託付給了席爾薇城的某個人。因此若想找到受託者，最原始但最穩健的辦法，就是多去認識陌生人，再透過他們結識更關鍵的陌生人，直到找到正確的人為止。大約需要六個人吧，某位學者提過這樣的假說。

或許，這位可愛的騎士可以當作第一個人，如果他願意的話。就在此時，白髮男的肚子叫了好大一聲，尾音還長得失禮。

兩人不禁望向彼此，騎士的臉更紅了，亞拿則是輕輕苦笑，接著遞上一條肉乾。

「要吃嗎？從『薩奧連』來的好貨哦！」

白髮男本來想揮手拒絕，但是肚子又叫了，他才捨棄最後一點矜持，收下肉乾狼吞虎嘯起來，活像隻餓了好幾餐的小狗。

亞拿將整包肉乾放在兩人中間，接著匯聚所有的專注力，凝視白髮男的靈魂。

就跟大多數還沒甦醒的人一樣，靈魂只是一團模模糊糊、沒有具體形象的霧氣；它基本上是接近透明的白色，但有些許金色、銀色、淡藍色的紋理隨意飄來散去，就像杯中有數種互不相融的液體，隨著主人搖晃杯身漫漫流動。無意間，她發現一條像蟲的東西，紅紅小小的，在陰影間躲躲藏藏，而牠溜過的地方都會留下像血漬的痕跡——

「有聽見嗎？我說，妳怎麼稱呼？」白髮男問道。

亞拿這才從凝視中抽離，聽清楚對方說的話。「亞拿，可以叫我小安就好。」

「叫『小安』感覺太親密了，我還是叫妳本名吧。」白髮男說著，秀出鑲在劍鞘上的動章，雕飾看起來像是城牆。「我的名字是威廉•S•懷赫爾，隸屬席爾薇王宮騎衛隊，軍籍是堡籍。妳呢，是隸屬哪個單位？」

「我是自由商人，一邊承接商會的委託一邊到處旅行，剛好有個委託要去席爾薇城，就加入這支商隊一起行動，比較輕鬆些。對了，你怎麼會臨時加入我們的隊伍呢？」

「嗯……我們王國的騎士有個特權，可以任意搭乘境內的交通工具，在……執行任務的期間。」

「你在執行任務？但是你看起來像是任務結束的樣子呀！」

「回到城裡任務才算正式結束。」

「是什麼樣的任務呢，怎麼只有你一個人，還搞得傷痕累累的？」

話一出，威廉的臉色立刻垮下來，靈魂也飄出淡淡的紅色。不過這次他很快就克制住情緒，只是輕輕嘆口氣，看了看車廂深處後說道：「好吧好吧，這輛車沒有其他人，跟妳說應該沒什麼關係，但是妳必須答應我不能說出去。」

亞拿立刻把手指放到嘴唇前。

「妳知道『米諾斯探勘點』嗎？」見她搖頭才繼續說：「那是一座位在王國邊界的峽谷，幾十年前開始，人們觀察到附近的魔獸會往那裡遷徙，之後發現，原來峽谷深處有裸露的聖樹樹根，而魔獸會把樹根當作食物一樣啃食。因此，王都在那裡建造研究基地，除了要找出牠們啃聖樹的原因外，還能預防樹根繼續被破壞，免得我們跟『罕普羅大陸』一樣，因為樹根斷裂而墜落。」

「聽起來一點都不神秘呀，那種裂谷薩奧連大陸也有，現在都變成學者跟傭兵的遊樂場了。」

「我知道我知道，需要保密的是我個人的部分。」說到這裡，威廉再次確認車廂內只有他們兩個人。

「幾天前我參加了王宮調查團的護衛任務，是要護送學者到探勘點。回程的時候我們遇到好幾頭魔獸，一番苦戰後，我僥倖殺死一頭，然後，私吞了『魔獸水晶』……」說完，他拉開右邊的嘴角，讓亞拿看見少了臼齒的牙齦。

不過她並不以為然，甚至覺得對方有點大驚小怪。「這需要保密嗎？商會裡的傭兵幾乎都有啃，你們王國的戰士也有不少人啃過吧。」

「妳還不懂嗎？我是王宮騎士，參加的還是王國差遣的任務，過程中找到的水晶是必須上繳的，私吞會被判刑！」

亞拿終於有點頭緒了。「所以你脫隊逃跑了？不過你總得回去吧，還是會被發現的。」

「對，我逃跑了……」威廉面露羞赧的神情，一手撫過自己的佩劍。「當時戰況激烈，隊員迷路走失是很常見的事，所以我只要說自己在戰鬥中迷失方向，再加上這些傷痕，長官多半不會細究。」

「原來如此，怪不得你那麼開心了。」肉乾剩下最後兩條，亞拿遞給威廉一條，另一條當然是送給自己的嘴巴，然後笑著說：「你放心啦，我不會說出去的，我以肉乾的美味發誓！」

對亞拿來說，這件事一點都不特別，只是在追求力量的世道下再平常不過的事。她並不會給予任何道德上的判斷，或說，在她的觀念裡，任何事都可以做，只是不一定有意義。

從港都到都城大約需要六、七個小時，算是她移動過的距離中偏短的車程，但要用來把威廉知道的事情探一探，著實是太過充裕了。

就在亞拿昏昏欲睡的時候，馬車突然停下，兩人與貨物隨之東倒西歪。威廉立刻穩住身子，並且紮起備戰的跪姿，佩劍扶在隨時可以出鞘的位置。

「怎麼了？」亞拿口裡問著，身體仍維持癱坐的姿勢，不過她已經將靈氣擴張到三輛馬車之外的距離，感知附近的靈魂正處在什麼情緒。

「不知道，可能是劫匪，貿易季節常有的事。不用擔心，我會保護妳。」威廉小心翼翼把頭探出布棚，查看車隊前方的狀況。

亞拿覺得應該不是遇到盜賊，因為她感知到的，絕大部分都是亢奮的情緒，與獵人發現獵物的心情非常相似。

這時，這輛車的馬伕跑過來，應該是要通知後車前方的狀況。威廉趕緊將他攔下，追問到底發生了什麼事。

馬伕看了看威廉的佩劍，用輕浮的態度說道：「是騎士大人哪，聽說傭兵發現一頭魔獸跑進前面的山洞裡，現在大家都去找牠了。您能不能高抬貴手，不要掃大家的興致，當作不知道呢？或者，加入他們，商人們會很樂意向您收購『果實』的。」說完便往後車走去了。

聞言，亞拿心裡掠過一陣寒意。因為她原本預期可以在天黑前抵達都城，這樣才能趕在商家打烊前辦好許多事情，沒想到這些人居然拋下馬車跑去殺魔獸，這樣到底什麼時候才能進城？

「妳看過魔獸嗎，要不要一起去看看？」威廉興奮問道，眼睛彷彿還閃爍著光芒。

她不禁翻起眼珠——對吼，這傢伙也是愛流血的那種人。

「不要，隨便亂縫的布娃娃有什麼好看的？我要睡覺，晚安。」說完，便用草帽幫自己熄燈。

沒想到白髮男意外地熱情，拉著她的手腕說：「走啦走啦，睡覺等一下有的是時間！難道妳不好奇這次是什麼組合嗎？而且搞不好加上我們的力量，很快就能解決了！」

亞拿掀起帽沿用一隻眼睛瞪對方。她知道威廉提到的「我們」並不是真的包含她，這男的只不過是等不及試試剛得到的力量罷了。但……他也真的說對了，一起去的話事情確實很快就會結束。

於是她勉為其難接受對方的邀請，戴上草帽揹起木杖，跟著威廉朝馬伕口中的洞窟走去。

兩人很快就來到洞口，一群商人聚集在那裡，有人往漆黑的深淵瞻望，也有人熱烈討論水晶的行情。從他們口中得知，傭兵才剛進去，還帶著殺魔獸專用的弩箭跟長矛。

一名商人對威廉說：「小兄弟，你都受傷了，還是先回馬車休息吧，我們的傭兵會搞定的，等會兒我標到果實的話借你摸兩下如何？」其他商人聽了，也跟著發出令人不舒服的笑聲。

亞拿旋即感受到威廉內心的波動，也知道他非常努力才讓表情保持體面。

「哈哈哈真幽默，等一下我殺掉魔獸，會考慮幫你打個折的。」威廉說著，便朝黑暗走去，雙手還插在口袋裡。

突然間，亞拿終於感知到洞內的氣息，正確來說，是那些傭兵往回跑，剛好被她的靈氣摸到；他們的情緒不是恐懼，也不是膽怯，而是類似慌張的悸動，擔心闖禍的那種。

「別過去！」話才脫口，一股強勁的力量從威廉腳下衝出，被掀翻的岩塊把他彈回亞拿身邊。

碩大的脖子彎下獸首，口裡吐著蛇信，對眼前的生靈刷了刷瞬膜，隨後從地洞抽出一對巨大的熊掌，將礙事的岩石拍碎，同時張開血盆大口，吼出沙啞的羊叫聲——

威廉拔出佩劍擋在亞拿身前，並對更後面的商人說：「眼睛不要移開，然後慢、慢、往、後、退……」

老百姓們開始尖叫，朝馬車狂奔。魔獸立刻追上去，完全不把有武器的人放在眼裡。

威廉發現牠還有一段身體沒出洞，旋即紮下馬步，擠壓憤怒讓手臂的靈魂噴出血氣，接著一劍劈斷那條粗壯的尾巴，只剩一小段皮肉還連著。

淒厲的咩嚎從外頭傳進來，洞內的白髮男也跟著大叫：「妳看到沒？這就是水晶的力量，太強唉啊——」亞拿揪住威廉的衣領，用體重把對方跟自己拉到地上，驚險躲過鞭來的尾巴。

「別急著慶祝啊，快解決牠，我好害怕！」

「妳的語氣聽起來一點都不害怕啊！」

正當他們鬥嘴的時候，傭兵終於從洞穴深處跑回來，與回洞裡尋仇的魔獸碰個正著。

雙方直接展開第二回合決鬥，長矛飛箭對上獠牙熊掌，兩邊都打得亂七八糟，沒有一方技高一籌，就像會拿武器的野獸對抗有體格優勢的野獸。

兩人趁亂爬到一顆岩石後面，但這裡距離戰場實在太近，不但要注意大蛇的動向，還要提防不長眼的箭矢。

「快想想辦法！你不是殺過魔獸嗎？」

「我沒殺過這麼大隻的，還有那些人的準頭太差勁了，貿然靠近會被射到……」

亞拿靈機一動，提議說：「我轉移牠的注意力一、兩秒，你去砍斷牠的咽喉怎麼樣？」

聽此，威廉先用表情投了反對票，但還是忍不住追問她打算怎麼做。

她從背包裡取出兩顆雞蛋大小的球，說道：「『煙火』，加芙大陸應該也有吧？我把它點燃的時候，魔獸跟傭兵一定會被我吸引，你就趁那段空檔動手。你辦得到的，對吧？」

威廉倒抽一口氣，目光從小球轉到她的眼眸。「好吧，就這麼辦，我會在牠撲向妳之前幹掉牠，妳也不要太逞強，發現情況不對趕快把煙火丟掉，明白嗎？」

亞拿點頭答應。事實上，她一直都在觀察威廉的靈魂波動：他一開始還為自己能力不足感到害怕跟自責，但是當得知同伴自願擔任誘餌時，內心立刻澎湃出保護別人的使命感。這讓亞拿挺驚豔的，怪不得能在他的靈魂中看見高貴的紋理。

她用繩子把數顆小球吊掛在木杖上，與岩石另一頭的威廉交換眼色後，用火柴點燃引線，接著移動到能被雙方看見的地方。

引線燒完，爆破聲與炫目的火光立刻把洞窟炸得熱熱鬧鬧，順利引來魔獸與傭兵的注意。一顆球爆五、六聲就換下一顆繼續爆，她將木杖左右揮舞，讓煙火在空中晃來晃去，魔獸的腦袋也跟著搖擺——

威廉衝向大蛇，手中的白刃劃開黑暗，砍進厚厚的鱗片裡，清脆的聲音響起，再將劍柄拉出來時，上頭的劍身只剩一小截。

魔獸哀嚎一聲，頭部迅速扭向身旁的兇手。傭兵們見對手的注意力完全被轉移，立刻兜著戰吼湧上前，密密麻麻的長矛把大蛇刺得跟豪豬一樣，痛得牠裂肺嘶吼，用另一掌把傭兵都掃開。

亞拿也衝向魔獸，將木杖平舉在腦後，對擋路的威廉大喊：「借過！」對方被她的氣勢嚇著，但反應還算快，馬上蹲下身子，讓木杖順利擊中肉裡的斷劍，把它完全塞進咽喉。

魔獸的身軀驟然僵直，大眼與大嘴停在猙獰的瞬間，接著重重撲倒地上，連掙扎都沒有就斷氣了。

威廉跟傭兵，還有在洞外探頭的商人，全都詫異得目瞪口呆。亞拿知道這些人在想什麼，還好她早就把劇本準備好了，只需要照著演出來就好。

她抱住威廉又叫又跳。「那一劍砍得真好耶！我隨便敲一下就切斷牠的喉嚨了，就知道你辦得到！」

其他人聽了，紛紛點頭表示肯定，還有人過來拍拍威廉的肩膀、摸摸亞拿的頭表示讚揚，眾人隨即開始拍手歡呼吹口哨，慶祝大家終於成功獵殺了魔獸。

不過威廉顯然不買單，看了看魔獸背上的窟窿，再看向不遠處，在牆上閃爍微光的斷劍。他狠狠瞪進亞拿的瞳孔，咬牙切齒問道：「妳要我嗎？那是什麼怪力，妳到底啃了幾顆水晶？」

亞拿鬆開手，抿起長長扁扁的微笑。「怎麼會呢？我一顆水晶都沒啃過呀。開心點，你砍得真的很深。」

這時，他們身後又傳來更加高亢的歡呼聲，原來是大叔們找到魔獸水晶了──一塊紅裡透黑、葉狀的結晶體。魔獸的屍體也開始溶解，隨著墨紅色的液體流出，肉塊與骨架逐漸脫離原本的位置，變成一大灘噁心的穢物。

傭兵們認為這顆水晶是大家的功勞，所有參與戰鬥的人都該分到商人開的價碼。但亞拿覺得自己只是幫忙放個煙火，如果要分酬勞，她的份可以給威廉。威廉則是開始鬧彆扭，說什麼都不願意分酬勞，最後頭也不回地走向馬車。傭兵跟商人有些過意不去，於是塞了兩瓶酒給亞拿。

車隊重新啟程，在接下來的時間裡，威廉又問了一次亞拿有沒有啃過水晶，得到答案後就沒有再主動搭話了。亞拿是不介意，反正本來就打算一路睡到目的地，現在又多了一瓶酒，會睡得更舒服。

當金黃色的暮光即將摸到山稜線時，視野盡頭終於出現席爾薇的城牆。

它是舉世聞名的繁榮之都，早先靠開採銀礦發跡，又剛好座落在大陸往來的重要路線上，便順勢發展成側重貿易的城市。如此經營百年，席爾薇的商貿地位已經舉足輕重，甚至有「金幣驛站」的美名。

隨著車隊慢慢前進，在路邊等待的人車越來越密集，再從車棚上放眼望去，準備入城的商隊多如海邊的砂礫，一直淹到城門口。真不愧是聲名遠播的不設限貿易月——「銅月」。

它是一年一度為期一個月的貿易慶典，在這個月中，都城會放寬入關限制，讓異邦商會與旅客入城從事商業活動。例如進行市集買賣、貨物交易，甚至是做些臨時工的工作，使得大量資金瞬間湧入城內，儼然是邀請別人來癱瘓自己家的大門。

有人這麼比喻過：「此時匯聚到席爾薇的財富，全換成硬幣的話，將整座城掩埋起來都不是問題。」

等馬車慢下來時，兩人就迫不及待跳下車，到前面的車廂找領隊。威廉向對方道別，亞拿將尾款付清，便一起朝城門跑去。

「幹嘛跟著我？我是騎士才不用排隊。」

「我哪有跟著你？我是商會的貴賓耶，他們才不敢讓我排隊呢！」

他們突破重重人牆，終於來到城門下的關口。門衛看見威廉的佩劍，立刻為他打開旁邊的便門；亞拿則是出示一份文件，門衛確認內容後，也讓她從便門通過。

這讓威廉感到好奇，特地在門的另一頭等她。「那是哪一間商會發的通行書？」

「科洛波爾，聽過嗎？」亞拿掏出一張畫有簡陋圖示的小紙片，然後試著在人頭與樓房之間，找出那些醜圖的本尊。

「全浮空世界最偉大的商閥，沒聽過很奇怪吧。」威廉偷瞄紙上的內容，接著指向正前方的街道說：「妳要去他們的會館對吧？順著這條街直直走就會到喬治傑森大街，左轉走一小段就可以找到會館的招牌。」

當地人的指引果然比異邦船員清楚多了！兩人在熱鬧的廣場上道別，不意外地，威廉還是不願意收下那瓶象徵酬勞的酒。

亞拿遵照威廉的指示，很快就找到科洛波爾商會，這時的天色已經黑了一大半。趕在接待員關門之際，及時把一隻腳卡進門檻裡，然後將文件從門縫塞進去。「請讓我見『黛歐』！」

對方看了文件，立刻帶她穿越迎賓大廳、廊廳、餐廳，最後來到陰暗的倉庫，剛好迎面撞見戴著哭臉面具的人。

「黛歐先生，她到了。」

「黛歐」是這職務的暱稱，他們會配戴哀慟表情的面具，在各大據點擔任接待特殊委託的受託人，除了確認受託人是否都在狀況內，還會提供最新的情報支援。某種意義上，他們算是委託任務的長官。

這位黛歐先生又高又瘦還有點駝背，身穿黑色晚禮服與大禮帽。「可悲的命運啊，我為何決定多等妳六分鐘？哦——阿曼達呀——」他強而有力地揮舞雙臂。

「這灼眼之人如此輕易地糟蹋了我們的愛情，攔阻了我們的約定，我的薔薇，我的百合花，命運對我們是何等殘忍……」面具仰望天花板，一腳踩上木桶，手背扶在額頭。

接待員跟亞拿輕輕拍手。

「好了，不守時的小妞，」黛歐先生恢復正常的站姿，雙手揹回身後。「我們不要再浪費時間了，趕快把該辦的手續辦一辦，我還有更重要的事情要處理。」

面具人帶亞拿到倉庫深處，進入酒窖區，除了整齊陳列的酒架外，還有一排橫躺的巨大酒桶。他找到其中一桶，在底部動了些手腳，便讓木桶的蓋子像門一樣左右敞開。沒有酒傾洩出來，只見裡頭擺著一張桌子與兩張對坐的椅子，桌上放有一盞油燈與成堆的書冊。

黛歐先生邀請亞拿入座，他翻開其中一本書冊，檢視內容的同時隨口問道：「妳應該沒惹出什麼引人注目的事情吧？」

「沒有呀。」

面具男微微抬起頭，應該是在觀察她有沒有心虛。「妳的師傅——不，妳們應該是習慣稱呼為『拉比』。妳的拉比，底波拉稍早來過，她說她已經成功吸引『他們』的注意，接下來會在各大城鎮間移動，讓那些人以為她才是掌握關鍵線索的人。妳快一天找到『遺物』，她就少扮演一天誘餌。明白？」

「明白。」

「目前為止接觸過誰沒有？」

「一名衛隊的年輕人，不過他什麼都不知道。」

黛歐先生將書冊往前翻了數頁。「三十年前，遺物的主人也跟衛隊有點接觸，是個名叫『羅伊』的劍豪，還間接引發嚴重的衝突事件，被這王國的人稱為『揀選者事件』。妳可以從那年輕人開始下手，認識軍政體系的人，說不定可以發現什麼蛛絲馬跡。」

「最後再次提醒妳，不要引起注目，不要讓人知道妳跟商會的真實關係，保持彈性，情況不對就要果斷收手，不然妳拉比就會白忙一場，懂嗎？」

亞拿用力點頭。

黛歐先生闔上書冊。「找到下榻的地方沒？」

「沒有，我一進城就來找你了。」

「哦——好可憐的小貓咪唷！動作這麼慢，現在全城的旅店應該都客滿了。不過妳很幸運，兩條街外有座公園，草坪很舒服，還有水溝水可以洗澡，祝妳晚安囉！」聽他的語氣，就可以想像面具背後的表情有多討人厭。

亞拿從背包裡拿出威廉不要的酒，送給黛歐先生。對方立刻接過去查看釀造年份，然後用鼻子噴氣，含著笑意說道：「十五年華，內斂之初，驕焰未熄，可愛矣。」

語一落，他用腳踏了某個開關，木桶另一邊的蓋子瞬間搧開，同時，亞拿的椅子往那方向歪斜，把她倒了出去。

亞拿栽進一大坨乾草堆，費了點功夫才探出頭。仔細一看，是座寬敞的木樑圍欄，旁邊有個滿水的水槽，隔壁的馬兒正看著自己——

黛歐先生拋了一個布袋過來，並且爽朗道：「歡迎入住本會五星級馬廄！乾草與清水請隨意使用，食物為本人特別招待。現為門禁時間，切勿叨擾其他房客，請於黎明退房。敬祝一夜好眠！」說完，木蓋便迅速關上了。

至少不用餐風露宿，有吃又有喝，還有散發淡淡草香的「大床鋪」，已經很棒了！亞拿簡單地梳洗後，換上最輕薄的衣服，舒舒服服躺在天窗之下。一邊吃著商會送的美味、暢飲剩下的酒，一邊欣賞半坪的星空。

拉比現在在哪呢？應該沒有餓著吧？睡覺的地方怎麼樣？有沒有記得吃藥？想到這裡，眼眶又有淚珠打轉了。她灌下最後一口酒並將空瓶舉向天空，在靈魂深處發誓，一定會盡所能找到遺物——「麥祈的約定」，甚願恆古常在者的平安隨在。

「Shalom！」

—・—・—

■聖樹「亞伯拉罕」■ 拔地於錫安大陸中央的巨大樹木，高度超過17,000公尺，直徑大約五公里。九百年前不明原因產生浮力，將樹根觸及之地全拉上天空。它的樹脂可以提煉高效能燃料，是浮空文明最珍貴的資源。

■Shalom■ 薩瑟瑞人的祝福語，是「平安」的意思，祝福對方在各個層面都得到來自神——亞多乃——的平安。

第2節　半吊子的真誠

隔天一大清早，亞拿向商會購買一些任務會用到的物資，例如幻聲藥、麻醉粉、煙霧彈，以及其他雜七雜八的道具，隨後便從後門離開了。

她穿過防火巷回到大街，看見比昨天更熱鬧的光景；有更多商人進城了，街邊搭滿棚子，並有各種獸力車來回穿梭，把貨物堆得跟小山一樣。

說起來，遺物的主人可能在五、六年前才走過這條路吧，但是他究竟見過誰，住過哪裡，有沒有留下什麼線索，都被抹得模模糊糊的。連唯一具名的友人——羅伊——都不知去向，商會只知道對方早就不在城裡，甚至有傳言這人也死了。

從之前破譯的日記中得知，遺物主人常遊走在各王國的貧民窟之間，但詳細的交友圈就不得而知了，得找個機會混進貧民窟打聽打聽才行。不過在那之前，必須先找一個可以安穩過夜的地方，畢竟商會為了避嫌，可不會讓她繼續住馬廄。

她跑了好幾條街，每一家旅店都是客滿的，連半間閣樓都討不到。由於一連吃太多次閉門羹，她已經顧不得形象，扒著最後一個拒絕她的老闆，追問到底怎麼樣才能租到房間。

只見老闆搖搖頭，解釋早在幾週前，各路商隊都是直接將整棟旅店包下來，因為這樣最簡單方便，就算有空房也可以用來塞貨。這下她才豁然開朗，難怪當時跟領隊說不需要住宿時，對方露出一副遇見傻子的表情。

「辦法也不是完全沒有。」老闆安慰道：「如果妳只是需要睡覺的地方，可以去妓院問問看，別這樣看我，我是認真的，他們的閣樓通常用不到，畢竟沒有老闆敢拿恩客的觀感開玩笑。」

「那地方吵死人了，就跟睡在豬圈一樣！」

「妳住過？算了，隨妳吧，反正我只能幫到這了。」說完，老闆就回店裡繼續忙了。

這時亞拿察覺到一小撮惡意，從人群中慢慢靠過來。她先裝作不知道，繼續走自己的路，等那人一完成動作，她立刻輕扶背後的木杖，絆住對方的腳，使其踉蹌幾步後重重撲倒在地。

原來是個小鬼，體格非常瘦小，穿著不合尺寸的衣服，猜測大概只有十一、二歲，手裡握著她的小錢袋。亞拿走上前，對方立刻抓起一把沙子撒過來，接著連滾帶爬鑽進人群裡。

有幾位商人看見這情景，他們冷冷地笑了笑，然後安慰她這是銅月常有的事，習慣就好。亞拿只是拍拍身上的灰塵，回以微笑後，就朝少年逃跑的方向走去——趁殘留的氣息消散之前。

她感受著少年在人流中穿梭的形影，同時拐進一旁的小巷，借助兩側牆面外凸的結構，一蹬一踏再用木杖一勾，很快就爬上三層樓高的屋頂。從俯瞰的視野，亞拿馬上就找到目標，他正跑進街角的巷子裡。

少年扶著牆壁換氣，眼睛小心翼翼探出巷口，此時害怕的情緒消弭得差不多了，取而代之的是因貪婪而起的興奮，應該是在找下一個目標。不過他沒有機會了，因為亞拿已經來到他的頭頂，接著一躍而下——

「哈囉，不要再找了，我們來聊聊吧！」

少年嚇了一大跳，拔腿就想跑。亞拿迅速拉住對方的衣領，並用木杖把他按在牆上。

「算妳贏算妳贏可以了嗎？還妳就是了，快放開我，不然我的兄弟們會讓妳吃不完兜著走，我可是黑鼠幫的！」少年掙扎著，木杖下的拳頭也在找機會打她。

「感覺很有意思耶，帶我去找你的兄弟吧。」

聞言，少年愣了半晌。「妳、妳有病是不是?這要求我這輩子還沒聽過！」

「怎麼講得那麼難聽呢？」亞拿把手伸進少年的口袋，取回錢袋後，掏出一枚銀幣，塞進對方手裡。「帶姊姊去認識認識你的兄弟們呀，有趣的話再賞你一枚哦！」

少年掙脫束縛，看了看手中的硬幣，再把她從頭到腳打量一遍，嘴角慢慢彎起不懷好意的弧形。「既然妳這麼想去，當然沒問題呀，保證會非常有趣。跟我來。」

說完，少年就離開巷子，亞拿緊緊跟在後頭。雖然不知道少年在盤算什麼，但從散發出的惡意看來，肯定醞釀著比竊盜更加惡劣的念頭。不過這正是她想要的。

曾聽某位商會的大叔說過，想要得到最赤裸的消息，就去問那個已經沒什麼好失去的人。如果這位落魄的小弟弟真有一幫兄弟，那就太好了，能跟一群社會底層分子打交道。

兩人乘著快步穿過一條又一條街，隨著他們逐漸離開鬧區，路上的人潮越來越稀疏，也漸漸看不見攤販與商人，最後只剩過著日常生活的當地人。

走了好一段時間，四周開始出現老舊的的房舍，街道也長出雜草，人們愁眉苦臉的，與繁華熱鬧的街區形同兩個世界。

他們進入一座廢棄的穀倉，亞拿不用感知就知道這裡窩了一堆人，一道道黏膩的視線從各個角落摸過來，令人非常不自在。

少年對著穀倉深處大聲喊道：「各位大哥，這個異邦女人聽到黑鼠幫的名號，就說要來認識大家！」

訕笑聲零星竄起，接著有一群男人圍上來，高矮胖瘦各種體型都有，但看起來全都相當貧弱，沒有吃頓飽飯的樣子。少年急急忙忙去把倉庫的門板關上。

「歡迎歡迎——」一名個頭較高的男人靠上來，胳臂搭過她的雙肩，手還不安分地往下伸，只是被亞拿的木杖支開。「妳來得正好！我們才剛把一顆蜜糖賣掉，現在弟弟癢到不行，如果妳技術不錯，我可以考慮幫妳物色高級的老闆哦！」

「你們把蜜糖賣給誰呢？是『弗羅洛』嗎？」亞拿費了點勁才壓下揍人的衝動。

「當然是『紅房』的人囉！弗羅洛是誰？妳想要見他嗎？如果妳表現得好的話，我可以幫妳牽牽線——」他的手不斷想突破木杖的防線。

亞拿確認了穀倉附近沒什麼人，特別是沒有「那些人」的氣息，便往男子的下體送了一杖，淒厲的叫聲瞬間衝上屋脊。

手臂帶著木杖在身旁輪轉幾圈，最後架回肩上。「既然不認識『聖會廳的教區長』那就好說了。來吧，你們不是想試試我的技術嗎？心滿意足後，有幾個問題想請教你們。」

要不了幾分鐘，所有圍上來的男人都趴在地上了，其他自知打不贏的人蜷縮在牆角瑟瑟發抖，還有人用跪姿爬過來，奉上吃到一半的麵包請求饒命。

「我不需要你們的財物，請問你們的領袖在不在？」亞拿問道。

語落，一位沒有頭髮的老人拄著拐杖現身，體態憔悴得像具骷髏，兩圈眼窩深如不見底的黑洞。他慢慢走到亞拿面前，小心翼翼盤腿坐下，頭一直都低低的。「妳好，我們沒有，名義領袖，但是，最常，決定事情的人，被妳打倒了。我叫吉米，最久的成員，有問題，問我吧，只要我記得。」

亞拿也盤起腿，說道：「你好，我叫小安。我聽說，這二、三十年間有個密醫在這一帶出沒，你們對這號人物有印象嗎？」

聽到她的名字，吉米微微抬起頭，情緒漾起些許波瀾。「妳是，小……小安嗎？」

「嗯？」

「不……沒事，我認錯人了。」吉米再度低下頭，情緒平復得很快。「密醫嗎？有印象，不是烏鴉大夫，沒有戴面具，他的眼睛，跟妳一樣，深紅色，是薩瑟瑞人。治病不收錢，還送我們，食物、藥品。」

亞拿靜靜聽著；透過對方描述的特徵可以確定，他見到的密醫十之八九就是遺物主人，也是拉比當年的同袍——班納巴。前輩的足跡扎扎實實踏過這裡。

「他不會，逗留太久，幾天在這，幾天在那，然後出城，幾天，或幾個月，甚至幾年。不過，已經好多年，沒再看過他了。」

「他有常跟誰一起行動嗎？或者跟誰是好朋友？」

吉米想了一下。「他很友善，但我們不熟識，醫病才見面。有人說，他認識貴族，所以有辦法，得到很多藥品。也有傳言，他是通緝犯，聖會廳在找他。莫非，妳是聖會廳？」

「不是，我只不過是好奇心旺盛的旅人。」亞拿說著，將數枚銀幣疊在他們中間，引來其他人圓圓亮亮的目光。「謝謝你們，我玩得很開心，如果遇到他再幫我問個好，再見囉！」

她起身往大門走去，一旁人們立刻撲向銀幣堆，剛才被打倒的人也爬起來，命令大夥冷靜，他來決定銀幣的用途。

走到門口時，少年已經幫她開好門，自己則躲在穀倉外面，看起來相當害怕，應該是預期那些兄弟會來找他算帳。

亞拿輕瞥身後亂成一團的成年人，確定沒人看過來，便偷塞了一枚銀幣給少年，並將食指豎在微笑的嘴唇前。

商會說班納巴曾與王宮的直屬護衛隊員結盟；貧民窟的人說他可能跟有權勢的人有聯繫。這些線索都指向社會的上層階級，但是，世界級的通緝犯真的會想跟那些人深交嗎？這樣很容易被聖會廳的眼線盯上吧。不管怎麼說，只能先試試看了，去找威廉，看能不能認識騎士長官或是王宮的侍從——

她在腦袋裡搓揉著思緒，不知不覺就回到熱鬧的街區。偶然間，她感覺到些許熟悉的氣息，於是循著感覺，穿過擁擠的小市集，轉進一條小巷子，再拐個彎，進入寬敞一點的防火巷，看見一個白頭髮的傢伙蹲在大箱子後面。

亞拿走到威廉身後。「騎士先生在這幹嘛呢？」

對方被嚇了一大跳，慌張的模樣還是一樣有趣。他做出噓聲的手勢，然後壓低音量說：「小聲一點，裡面發生搶案，我在想辦法偷襲……」

「你的傷還沒好吧，不等支援嗎？」

「這點小傷不算什麼。我剛才從窗簾的縫隙偷看過，歹徒應該只有五、六個人，在狹窄的室內我不見得吃虧，可以一個個收拾掉。」威廉比殺魔獸時還要興奮，但是手卻微微顫抖著。

亞拿知道他在逞強，這樣上場是很危險的。「大家一起還是比較安全吧，為什麼要一個人解決？」

「傻瓜，這樣才帥啊！功勳評價也比較高，還可能被長官認識，對晉升很有幫助。」

「可以見到長官？」聽到關鍵字，亞拿的興致被點燃。「讓我幫你吧！就像殺魔獸那樣，我當誘餌，你把他們一個一個制伏，怎麼樣？」

「『魔獸』的字眼令威廉擰起狐疑的眉頭。「還敢提魔獸，妳該不會又想搶功勞吧？」

「講得真難聽，我真的想幫你升官嘛！」亞拿本來打算擠出眼淚，但沒成功。

「妳這次想怎麼幫？」

亞拿秀出一顆像彈丸的東西。「用這個，只要砸到對方的臉，他的眼淚跟鼻涕就會噴得跟瀑布一樣。」

「妳怎麼有這麼多奇怪的東西？」

「這不重要啦。」她指向三樓半開的窗戶，提議說：「我們從上面爬進去，然後偷偷摸摸往下走，看到一個搶匪就解決一個，這戰術不錯吧！」

威廉同意這做法，便回頭找梯子之類的東西。亞拿則是把草帽掛到背後，紮起馬尾，接著直接跳上去，用木杖勾住窗框，穩住身子後，向威廉伸出幫助之手。

對方看見她的身手，愣了半晌才回過神。不過沒多說什麼，逕自退到遠一點的地方，並且讓血氣溢出體外，接著猛然衝刺，借助踏碎石磚與蹬牆的力量，躍至亞拿所在的高度，抓住木杖柄的同時，兩人撞在一起。

「你很幼稚耶！」

「小聲點，快上去！」

他們從窗戶潛入商會的客房，這裡乾乾淨淨的，沒有被強盜摧殘過的跡象。

亞拿讓靈魂漫出房間，先是走廊，再來是其他幾間房間，全都沒有其他人的氣息。就算已經知道答案了，她還是把眼睛小心翼翼探出門縫，假裝查看房外的動靜，免得威廉大驚小怪。

兩人躡手躡腳走下二樓，發現一名戴著兜帽、腰間插劍的傢伙，從房間裡大大方方走出來，身邊還拖著一大包鼓鼓的麻布袋。

他們趕緊躲到牆後。威廉戴上戰鬥專用的皮手套，亞拿取出一條皮繩，繫在木杖彎鉤的構造之間，再將彈丸含進皮繩中。

當敵人的臉一露出兜帽，她立刻探出上半身，把彈丸射向目標；威廉也衝出去，在那人叫出聲前，重拳灌進仰起的下顎。對方的眼球旋即翻成白色，接著像斷線的木偶癱倒在地。

輕鬆解決第一個人，但他跌得挺重的，把木地板撞出不小的聲響。兩人趕緊連拖帶拉，把這倒楣鬼扔進房間，最後不忘手腳綁一綁，嘴巴塞一塞。

緊接著，果真有另一個強盜上來查看情況，他們用一樣的手法把那人解決。這次威廉有即時扶住對方，免於發出多餘的噪音。這樣一來就剩下三、四個敵人。

二樓往一樓的樓梯沒有隱蔽性，一樓的人能在扶手間隙看見上下樓的是誰。他們將一面鏡子綁在木杖尾端，慢慢伸到視野良好的地方，然後慢慢調整角度，盡量把大廳的情景全收進來——

大門前堆放了一些桌椅；大廳內的人不多，一共有四名強盜，以及三名商會成員；他們聚在沙發區，桌上有一疊文件，商會的人忙著用印與書寫，強盜檢查完成的東西，猜想是債權或合約之類的；商會的其他人應該都被囚禁在某個房間。

「沒有落單的人，怎麼辦？」亞拿問。

威廉想了一下，提議說：「彈丸給我兩顆，妳先射一個人，當他們驚慌失措的時候，我衝下去直接砸兩個人，妳再幫我射最後一個人。這樣如何？」

男生從腦袋到腸子果然都是直的。她否決：「那樣風險太高了，一個不小心，連你都會痛哭流涕的。還是這樣吧——」

亞拿扼要地將自己的計劃告訴威廉，對方雖然覺得被反駁很不是滋味，但因為很合理就勉強接受了。

她點燃僅存的兩顆煙火，用拋射的方式彈到沙發區，落到桌上的瞬間火光與炮聲四射，把文件炸得亂七八糟——

商會的人嚇得四處逃竄，有人躲到沙發後面，更有人往大門跑去。強盜們頓時亂了陣腳，有人急忙從火苗中拯救那些紙張，有人拔出匕首要把人質抓回來。

正在此時，亞拿的彈丸命中一名去抓人的強盜，使其喪失行動能力；威廉則是衝向試圖滅火的強盜們，匯聚全身的力量飛越沙發，兩條腿各砸一張臉，把兩名強盜踹到沙發區之外。

「通通不准動，媽的！」最後一名強盜吼著。短劍抵在一名人質的脖子上，凶惡的視線依序掃過要清空大門的商會成員、哀嚎的同夥、剛拔出佩劍的威廉，以及蹲在樓梯上的亞拿。

「你們很行嘛，放下武器，快！信不信我殺、殺……」強盜的話還沒說完，身體開始搖搖晃晃，凶器從手中滑脫，接著整個人癱倒地上，鼾聲隨即響起。

威廉一臉困惑看向亞拿，她則是悠悠哉哉走下樓梯，同時確認手中的彈丸種類。

「抱歉我拿錯了，昏睡彈的藥效比較慢。」

此時沙發區對面的強盜扶著額頭踉蹌起身，她馬上送一發過去，讓對方開始哭。

白髮騎士顯然又不高興了，臉臭得跟醃魚罐頭一樣。「既然有這麼方便的……」說到一半，他趕緊用牙齒把後面的話關起來，想必是已經猜到原因了，又不甘願說謝謝，只好用眼神臭人。

亞拿這次沒有退讓，也板起臉色瞪回去。「對，是很方便，但都用這個解決的話，功勞算誰的？」

話才說完，她倏地感受到兩股新的氣息，是從沙發區旁邊的貴賓室傳來的。剛才明明有稍微撫過那房間，沒有察覺到任何氣息，現在卻突然出現了，唯一的解釋只能猜是有隱藏的密室。

貴賓室的門被打開，一名高大的男人微微欠身才通過門楣，目測身高一定超過兩百公分；體格非常壯碩，連寬鬆的斗篷都無法掩藏二頭肌的線條；兜帽下露出一顆冷然的凶光，用鼻孔鄙夷著威廉跟亞拿。看那氣勢，此人應該就是強盜們的頭目，他的身旁跟著一名矮小的男子，雖然說是跟著，倒更像是被拎住後頸的小動物，表情相當委屈。

「呼啦啦啦！居然被兩隻小老鼠搞成這副德性，真是沒面子。」頭目拔出腰間的長劍。「我的主要目的已經完成了，次要目的被你們毀了，為了獎勵你們，我要用你們的鮮血畫押。」

剛說完，頭目已經躍過沙發，寬大的凶刃劈向威廉——

白髮騎士以極驚險的時機架起佩劍，勉強格擋對方的攻擊，但仍被怪力震到一旁，亞拿趕緊上前攙扶。

「呼啦！直覺不錯，但力量跟技巧完全不及格，你的教官是誰呀？是肯尼斯？還是那個懶鬼維克？」頭目走向兩人，步伐並不躁進，似乎是想給對手第二次機會。

威廉將亞拿攬到身後，擺好標準的架勢。「你們的對手只有我一個，跟她沒有關係！」接著小聲對她說：「他很強，等下一開打妳就趕快躲起來。」

「人、人家腿軟……」

「咦？」

「英雄救美？呼啦啦！」頭目的劍狠狠砍下。

威廉吃力地接招、亞拿放聲尖叫。

「笨蛋快跑啊！」威廉喊著，下一劍緊接而來，雖然這次又成功攔截，手臂卻被劃出一道血痕。

頭目見威廉露出破綻，隨即平舉長劍，要直取他的心臟——

亞拿抓住威廉左肩的衣物，把他的身體往後一扯，讓劍刃僅劃破衣服；威廉也夠機敏，右手的佩劍順勢撩起，往敵人的左臉回敬一劍，傷口雖然淺，但也成功把對方嚇一大跳。

敵人的眼神變了，肩上噴出濃厚的血氣，狂暴的鐵條隨之劈過來——

見白髮傻瓜又想舉劍去擋，而這次根本來不及拉扯衣服。於是她果斷鞭出木杖，在咫尺的距離擊中行進中的凶器，強行改變它的軌跡，使其削過威廉的髮梢。

頭目瞪大眼睛，想必是察覺到不對勁，但又不確定發生了什麼事；威廉則是什麼都不知道，發現敵人愣住就想進攻，只是被對方輕易化解。

「耍小花樣！」頭目提腳就往威廉的肚子踹。

還好白髮傻瓜及時用佩劍擋下，加上亞拿在背後撐著，兩人沒有被踢倒，只是向後踉蹌幾步。

「才沒有耍花樣，這是實力！」

「搞不清楚狀況的白癡！」頭目舉起長劍就往白色的腦袋砍——

亞拿直接用木杖敲壯漢的脛骨，成功換到豪邁的哀嚎，對方的身體也瞬間脫力，斬擊變得軟綿綿的，被威廉輕鬆接住。

這時，商會外頭的衛隊已經集結完畢，大門被破門工具撞開一半。

頭目發現情勢不妙，直接抓住威廉的手腕，把他整個人甩出去，砸翻一堆桌椅，然後一把將亞拿拉到身邊，用劍架住她的脖子。

威廉忍痛爬起來。「卑鄙的傢伙，我說過她是無辜的！」

「閉嘴爛貨！」頭目對著威廉以及在門窗邊架弩弓的人喊道：「呼啦！通通不准動，否則我剁了這婊子！妳給我把那根爛棍子丟掉。」

外頭數隻眼睛跟準星直勾勾盯著這裡，情緒非常冰冷，彷彿在責怪她礙事。倒是威廉的反應滿令人欣慰的，他緊咬牙關，對自己很是自責，同時又對敵人怒出血色。

頭目帶著亞拿慢慢走上樓，等完全脫離眼線後，粗魯地把她拎起來，直衝四樓的某間倉庫。

他把亞拿扔到地上，並用一座大書架堵住門。「呼啦，穿裙子的，殺妳之前我一定要弄明白，妳剛才都在搞什麼鬼，否則那小子早就死透了。說！妳到底施了什麼巫術？」

亞拿冷冷地苦笑，起身後拍了拍裙襬上的灰塵。「不是巫術哦，全是在太陽底下有影子的攻擊，扎扎實實打在我的目標上。」

「呼啦，快到看不見的技術，妳到底吃了幾顆水晶？」

「我真是受夠了，你們這些喜歡流血的人，總是以為所有人都跟你們一樣不愛惜牙齒。」亞拿從雜物堆中拉出一根舊拐杖，同時，她感知到成群的氣息，在腳底下蠢動著，威廉也在其中。

「呼啦啦啦小賤人滿口胡言，無妨，我先殺了妳再離開！」頭目的體外噴濺出巨量血霧，衝刺時將地板踏成碎花。

「牙齒天生就是用來吃美食的！」亞拿揮出拐杖，軌跡中劃出白色羽毛。

拐杖擊斷長劍，斷掉的部分彈出去，直挺挺扎進牆裡。頭目的怒氣瞬間噴上天花板，鉤拳也如鐮刀般掃過來。

亞拿後仰身子，以最省力的姿勢躲過攻擊，然後往對方的側腹送一棍，讓巨漢喊出目前為止最宏亮的叫聲。

頭目半跪在地上，手摀著被揍的部位。「何等怪力！妳到底是什麼人？」

「我只是普通人而已，你們靠吃別人的靈肉來獲得力量，當然打不贏我。」亞拿答道，同時察覺衛隊的人馬已經抵達四樓，正往這房間靠近。她壓低聲調說：「我們快做個了斷吧，你也是這樣想的吧？」

頭目擲出斷劍，亞拿側身閃過，而對方已經抽出短劍，劃破兩人之間的空氣——

亞拿及時後仰上半身，讓粗壯的手臂掠過眼前，強勁的風刃在牆面貫出切痕。而她的手腕帶著拐杖跟羽毛由下往上甩，命中那長滿鬍鬚的下巴，敲出響亮的聲音。

第3節　從鐘樓萌芽的友誼

頭目的腦袋仰向天，踉蹌幾步後虎背砸向地板，連一聲都沒吭就昏厥過去了。

此時，外頭已經聚滿了騎士，開始用破門工具撞門板；也能聽到威廉的聲音，他不斷提醒同袍，激怒對方會讓人質陷入危險。然而同袍們顯然不想理他，這也不難理解，畢竟商會的利益比來路不明的異邦人重要多了。

眼看書架就快被撞開，亞拿連忙到貨架上找一條繩索，用繩結把自己的雙手束起來，再將抹布塞進嘴裡。這回總算成功擠出眼淚了，因為滲出汁液的抹布真的很噁心。

忙完的同時房門剛好被撞開，大隊人馬衝進來。亞拿立刻撲進威廉的懷裡嗚咽，隨後眾人便發現豪壯如熊的男人倒在地上，頓時一陣錯愕，面面相覷後，目光紛紛轉向呸聲連連的唯一目擊者。

亞拿讓威廉幫自己解繩結，趁著眼淚還沒乾，蹭一點哽咽的情緒說：「嗚嗚我好害怕，還好他自己滑倒撞到頭就昏倒了……」

威廉聞言，情緒不禁激動起來，繩子解得越來越粗魯。「這麼強壯的人怎麼可能這樣就昏倒？妳騙人的吧！」

「很痛耶！溫柔一點啦，我都哭了，怎麼可能是騙人的……」

衛隊將所有強盜押到一樓，支援的隊員與馬車也陸續趕到。幾位相當於長官的人物，邀請商會的人以及威廉、亞拿到沙發區，仔細確認整起事發經過。稍微觀察這些人佩劍上的裝飾，都只比白髮騎士的華麗一點點而已，位階應該沒有高多少。

她感到有些失望，又很疲倦；為了幫助威廉作戰，短時間內凝聚大量專注力，現在感覺靈肉快要分離了。

聽著一旁的男孩生動地描述剛才的經歷，還偷加了點事實外的情節，活像個說故事的吟遊詩人。她一手托著臉頰，頻頻打呵欠，手指不自覺抽動，果不其然，腦袋一放空又開始想念「那個味道」了——

就在此時，一名穿著軍服的男人從大門走進來，體格高大魁梧，個頭只比頭目矮一點點；雙眼炯炯有神，臉上乘載著歷練的顏紋與修齊的絡腮鬍；腰間的佩劍比任何人都華麗，渾身散發出懾人的氣魄。所有隊員見到他，立刻放下手邊的工作，全部站得直挺挺的，向其行恭敬的扶手禮。

那人看了看意識不清的頭目以及爪牙們，就朝沙發區走來。隨著對方逐漸接近，威廉越來越緊張，同時也快要壓抑不住歡愉的嘴型。

「是你制伏他們的？」男人用渾厚的嗓音問道。

「是、是的，總隊長！」威廉非常緊張，就像看到崇拜已久的人。「這位小姐有協助我，如果不是她，事情沒辦法這麼順利。」

聽到自己被提及，亞拿才意識到當下的儀態不太對。她趕緊從座位上彈起來，把裙襬抖一抖瀏海撥一撥，最後雙手交疊在腹前，擠出社交禮儀的微笑。

總隊長直直瞅著亞拿的眼睛，頓了半晌才開口：「謝謝妳，見義勇為的異邦小姐，敢問妳的尊姓大名是？」

亞拿立刻察覺氣息中的異狀，對方不知出於什麼原因正提防著自己。「您好，我是來自薩奧連的旅行商人，名叫小安。平時擊退野狼棕熊的方法剛好能幫上忙，就跟著威廉一起行動了。」

總隊長的防備心沒有一絲鬆懈，他接過文書官遞上的筆記紙，快速掃過幾處重點後又問道：「妳說，他是自己把自己捧暈的，可以請妳說得更詳細一點嗎？」

她發現對方的情緒更加緊繃了，如果想再用剛才的說詞敷衍過去，情況應該會越來越難收拾，必須更具體一點才行。「他、他把我綁起來，正要帶我從窗戶逃走的時候，有幾條毒蛇從天花板掉下來——」

「胡說！」一旁的商會會長突然大聲斥責。「不可能不可能，大人呀，別聽這異邦人胡說！敝會絕對沒有那種東西！」

總隊長用手吩咐部下將會長帶開。「妳繼續說。」

「然、然後——」亞拿看著歇斯底里的會長，突然意會到，自己可能不小心說對了什麼。「他被嚇到，再加上我一直掙扎，他身體失去平衡，撞到貨架，又踩到凹陷的地板，就跌倒撞到頭了。蛇也很快就躲起來了。」

聽到這番話的人都用怪異的表情看著她，總隊長想了一下，便將筆記還給文書官，向亞拿禮貌道謝後，就去指揮部下處理後續的事情。

亞拿發現會長正在不遠處盯著自己，表情彷彿在看仇人，應該是打算等衛隊的人都離開後來算帳。為了避免不必要的麻煩，她混進忙碌的人群中，趁機溜出商會。

到頭來好像白忙一場，有用的線索沒找到幾個，還讓高級長官對自己印象不好，而且現在已經四、五點了，住的地方依舊沒有著落。她感到有些沮喪，幸運的是，經過一家麵包店時，搶到剛出爐的麵包，這應該是目前為止最能撫慰心靈的東西了。

漫無目的遊走之際，她看見一座高塔，記得它的名字叫做「銀針」，是全城最高的建築物；以前戰事頻繁時建造的哨塔，塔頂有一口巨鐘，據說它的歌聲全城都聽得到，而現在已經是和平時代，它也就成了觀賞用的歷史古蹟。

她決定上去散散心，高的地方一定能讓身心舒坦許多，如果可以的話，在上頭睡一晚也不錯。反正已經不能再糟了。

銀針下方是衛隊的哨所，他們應該不會隨便讓人上去，不過她現在沒有心情管這麼多，因為美麗的夕陽正呼喚著呢！

亞拿繞到背對陽光的牆面，長長的影子在街道上鋪開黑色地毯，讓這裡彷彿提早入了夜。

她抬頭確認一下每扇窗戶的距離，接著奮力往上跳，衝勁消逝的時候再靠蹬牆輔助，輕輕鬆鬆攀上第一扇窗戶。雙腳踏穩窗台後繼續跳，如此重複一樣的動作，飛躍五、六扇窗戶後，終於成功到達鐘樓。

這裡非常寬敞，大約可以容納二十人，肅穆的大鐘就懸吊在頭頂上方。共有六根石柱支撐著它，並有四條鎖鏈將鐘舌固定在中間。

不過她並不滿足於此，走回鐘樓外緣的瞭望台，輕盈地借助護欄躍上屋頂。微風徐徐拂過髮梢，遼闊的視野隨即映入眼簾——

暮光將街道、城牆，乃至於城外的田園、平原、森林，全部染成金黃色；街道間的人車像螞蟻般慢慢而行，城垛與山嶺相依於大地之上，天邊的雲河悠悠飄盪。一切如詩畫般默然。

亞拿盤腿坐下，用木杖勾住身後的旗杆，然後解開髮帶戴上草帽，讓腦袋瓜輕鬆一點。美景跟雅座都準備就緒，接下來才是「主菜」，她從背包深處取出一支東方煙管，以及一小包菸草與火柴——

斗缽上的白煙隨風冉冉而去，熟悉的味道終於回到身邊，不禁瞇起滿足的眼眸。她不確定自己是不是對菸草上癮，但能確定的是，這玩意兒能讓她回味拉比在身邊的感覺。

遙想起幾年前的某一週，拉比跟一群族長文士一連開了好幾天的會，她只好一個人在城裡閒晃。由於實在太無聊了，最後選擇一直待在商會的集會所裡，跟傭兵大叔大姊們打撞球、玩牌、喝酒，還賭了一點錢。

在玩樂的過程中，不免會聽到傭兵們談論起拉比的事。他們都十分崇敬拉比，不過不知是出於什麼心態，一些人時不時就會用起戲謔的口吻，建議她好好珍惜跟拉比相處的時光，因為不知道什麼時候，這位最愛的人將會永遠離開她。

無論是建議也好，玩笑也罷，這些話都很沒意義。拉比都已經百歲了，需要準備的藥草一年比一年多，她怎麼可能沒有注意到生命流逝的跡象？

然而，因為他們有事沒事地提醒，再加上已經好幾天沒看到拉比，她開始有些焦慮了。腦中不禁想像起拉比離開的情境，族長們會辦怎麼樣的追悼儀式？商會的老闆會說些什麼？她會跟兄弟姊妹們一起哭得多淒慘？光是想像而已，眼眶便不由自主紅腫起來。

某天她在逛市集的時候，偶然間發現一支來自東方的煙管，跟拉比的那支長得一模一樣，她想都沒想便將其買下。接著跑回旅店，從拉比的行李中偷拿一、兩撮菸草，然後躲到塔頂試著點燃吸食。

一開始被嗆到好幾次，之後就比較習慣了。熟悉的味道慢慢圍繞在身邊，焦慮的情緒瞬間一掃而空。

不過當腦中的拉比越來越清晰，對方吸菸草的姿勢、回眸的笑顏、呼喚她的小名，寂寞的眼淚最後還是情不自禁滑下來——

這件事她沒有讓拉比知道，總是把煙管藏得好好的，也許對方早就察覺到了，只是沒有說破，默許她保留這個微不足道的小秘密。

「喂！」一個耳熟的聲音從下方傳上來。「我還在想是什麼怪聲，居然是妳！妳是怎麼上去的？」

亞拿循著聲音望向屋簷，看見一顆長白頭髮的腦袋。她取下嘴裡的煙管，輕輕吹出煙霧。「嗨，白髮騎士，升官了嗎？」

「怎麼可能這麼快，總是需要時間累積長官的印象分數。」威廉回答完，臉色立刻嚴肅起來，用雄厚的語氣喝道：「小姐，我是不知道下面的人怎麼讓妳進來的，還囂張地爬到古蹟頭上，快給我下來，信不信我罰妳錢！」

聽到執法人員生氣了，才心不甘情不願收起煙管，然後隻手盪回鐘樓。她擠出一點笑容，語帶歉意地說：「威廉，我跟你說，城裡的旅店都客滿了，我沒有地方過夜，能不能請你通融一下，讓我在這裡過一夜呢？拜託你……」

威廉被她嚇著，一時半刻不知道怎麼回應。這不難理解，誰叫她之前都是用玩世不恭的態度逗弄對方，從來沒有這麼低聲下氣過。

「需要住的地方嗎？那來我家吧。妳都願意睡在這裡了，睡倉庫應該不介意吧？不過房租還是得付就是了。」威廉一派輕鬆說道。

「真的？」亞拿驚呼。她激動地抓住威廉的雙臂，淚眼汪汪說：「對不起，之前一直以為你只是單純的肌肉棒子，沒想到你是這麼溫柔善良的人，可以讓我親一下嗎？可以嗎可以嗎？」

「我才不要！」威廉立刻後仰縮下巴，臉頰能離她多遠是多遠。「妳的嘴巴髒死了，一下吸菸一下吃抹布的！」

亞拿見狀，調皮的小虎牙又忍不住露出來，接著更用力把威廉拉過來；對方則是一邊罵人，一邊死命閃躲——

打鬧結束，亞拿沒有得逞，威廉被嚇出一身汗。兩人一起吃著零食，目送夕陽慢慢沒入山稜線。

威廉跟她說，銀針平時只有衛隊隊員可以自由進出，所以上來的人很少。這裡就像他的心情避難所，每次眺望這幅美景，都會感覺心靈被療癒。

亞拿坦承自己也是想放鬆心情才偷跑上來的，不過沒明說上來的方式，免得又把威廉的自尊心割傷了。

聞言，對方托著下巴陷入沉默。還以為他又在鑽牛角尖了，追問後才知道，原來是在思考，要怎麼在不被同袍發現的情況下，幫她離開哨所。亞拿竊想，如果威廉不在，她三秒就能到地面了，但為了白髮乖孩子，只好先忍一忍。

兩人搭乘升降梯向下，到達銀針的第二層樓。這層有一扇對外的窗戶，距離地面大約有五、六公尺。

威廉確認了下方的巷子沒有人，附近也沒有多餘的目光看過來，便叫亞拿抓住木杖的鉤頭爬出窗外，自己則拉著木杖的尾端，將她慢慢垂放到三公尺的高度。威廉的想法是，看過亞拿跳上商會窗戶的本領，因此認為從那高度降落地面對她來說是安全的。

看著威廉拉得面紅耳赤，手臂跟額頭都爆出粗大的青筋，內心挺不捨的，實在很想告訴對方，這點距離她閉著眼睛跳也不會受傷，但是如果真這麼做，受傷的就會是騎士的心了吧。

經過一番努力，亞拿終於平安著陸，威廉也從哨所出來跟她會合，計劃相當完美。瞧他春風滿面的，想必是覺得自己非常帥氣吧，她立刻在對方的背上奉送慰勞的掌擊。

威廉帶亞拿回到自己家，原來他的本家是開旅店的，是棟三層樓高的房舍，名字是「懷赫爾旅店」。屋裡非常熱鬧，商人們結束一天的奮鬥，全聚在一樓的餐廳大吃大喝，就像開派對一樣。

兩人來到吧檯前，店員一看見威廉，便往廚房裡呼喚老闆娘。隨後一位婦女急忙走出來，身高跟亞拿差不多，棕色頭髮收在頭巾裡，穿著樸素的連身裙與圍裙。

婦女不知什麼原因準備要指責威廉，但餘光很快就發現亞拿的存在。「哎呀，多麼可愛的女孩子呀！初次見面，歡迎歡迎，威廉他雖然缺乏幽默感又愛生氣，但是本性真的很善良，又有責任感——」

「媽，她只是普通的朋友。」威廉對母親怒目。

看著母子倆的互動以及他們情緒微妙的波動，亞拿忍不住笑出聲，再順著自然漾起的表情向女主人打招呼：「妳好，我是亞拿，可以叫我小安就好，來自薩奧連。」

威廉的母親也瞇起笑顏。「小安妳好，我叫露西，是這家店的老闆娘。你們應該都餓了吧，吧檯剛好有位置，請坐請坐！」

兩人坐上高腳椅，熱騰騰的食物很快就端上來，香氣隨著熱氣四溢，這是亞拿入城以來最豐盛的一餐了。

威廉迅速把碗盤清空，然後卸下衛隊的裝備，圍上圍裙加入店員的行列。亞拿也沒有閒著，她吃飽後，趕緊洗把臉簡單梳化一下，然後將啤酒杯斟滿，開始辦起正事——四處找人聊天。

她對這種社交場合非常熟悉，商會的集會所每天晚上都像這樣，甚至更加瘋狂。這個時候只要你手中有酒，喝開了的人都很樂意交朋友，而且什麼都願意說，只不過十句中有八句是加過料的實話，一句是專騙傻子的謊話，剩下的那句是廢話。

商人們天花亂墜說了很多事，例如：

「這次銅月的銀礦非常熱門，光是第一天的成交量就高達七百噸。根據可靠消息來源，是為下任國王發行新貨幣做準備。」

「近期瑪拉克將會大幅貶值，有傳聞是因為大先知的年事過高，有意退位，錫安大陸的政權動盪將連帶影響對外的經濟活動。」

「北方有座城市遭到神亞多乃的天罰，聖會騎士團前往幫助他們認罪悔改，贖罪的方法是在城裡種下許多贖罪樹。」

「聖會聽教區長的真實身分是蛇，我親眼看見牠的眼睛刷上瞬膜，還吐出分岔的舌頭，晚餐吃活老鼠加鵝肝醬配雞血酒。」

「山區有山人出沒，一頭灰髮，身高達三公尺——」

一個有用的字句都沒有。倒是提到幾件原本被人刻意隱藏的秘密，它們已經慢慢浮現到一般人的眼前了嗎？是那些人太大意了，還是事態已經發展到不需要費心隱瞞的地步？

此時，一位不久前才進來的客人，在吧檯椅上向她舉杯，便應邀坐到那人旁邊。他的臉型尖尖的，戴副有色的圓眼鏡，半長的瀏海往兩旁平分，身穿淺色襯衫配上黑色背心。這人輕瞅亞拿杯裡沒什麼減少的酒。「小妞，這麼晚了還在做生意呀，怎麼不好好放鬆一下呢？」

亞拿聽懂眼鏡男話中的意思，對方已經觀察她一段時間，看出她不是真的在找樂子；這人的靈魂跟露西非常類似，只是多了許多精明多疑的顏色。

「畢竟剛入城嘛，得把握時間努力一點才行呀。」她回道，再把焦點丟還給對方。「大哥也很努力呢，這麼晚才回來，今天還順利嗎？」

「小店鋪生意，普普通通。」眼鏡男的眼神跟著情緒一起變得鋒利。「妳呢，是從事哪種商品買賣？等等，讓我猜猜——妳年輕漂亮，臉上沒有風霜的痕跡、瞳孔還能閃爍，應該入行沒幾年。妳的牧童裝扮挺可愛的，但是不方便搬重的東西，牆邊那根拐杖應該是妳的。所以說，妳八成從事靠行腳完成的工作，是幫人轉交文件合約之類的？」

「夠了，你別嚇到人家，她可是威廉的朋友。」露西不知什麼時候出現在吧檯對面，並且將一盤食物重重放到眼鏡男面前，隨後對亞拿諂笑說：「小安不好意思呀，這位大叔是我弟弟，比爾。他總是喜歡向人賣弄自己的好腦袋。」

比爾立刻意會了露西的暗示，兩人相覷莞爾後，他又舉起酒杯，向不遠處的威廉喊道：「我的帥哥外甥帶女孩子回家啦，恭喜呀，舅舅敬你一杯！」

其他商人聽了，也跟著起鬨道賀，威廉的臉瞬間脹紅，對比爾罵了一些應該是穢字的東西，只不過都被噪音淹沒了。

—•—•—

■貨幣「瑪拉克」■原為錫安大陸使用的貨幣，後因聖會廳的政教影響力，它的價值逐漸超越其他貨幣，如今已成為浮空文明普遍接受的貨幣。以席爾薇王國的經濟實力為例，一瑪拉克的價值相當於農村家庭努力工作一、二個月的收入，對社會底層的人民來說，獲得這種貨幣猶如握擁珍寶。

第4節　懷赫爾的家人們

大約九點快十點的時候，商人們三三兩兩回房休息，只剩角落幾個座位仍有人安靜聊天。僱請來的員工完成份內的事，紛紛脫下圍裙，向老闆娘道晚安後便回家了。

亞拿與威廉一家人在吧檯延續未了的話題——

威廉對露西說：「她沒地方住，還說要睡在鐘樓上，我想說倉庫還空著，可以讓她睡，總比在外面過夜好多了。」

「睡你房間就好啦，叫一個女孩子睡倉庫像什麼話。」露西說著，用牛奶幫自己的咖啡畫上螺紋。

「叫女生跟男生睡同一間房間才不像話吧！妳有沒有問過她的意願？」威廉的臉又紅了，目光極力避免跟亞拿對上。

「你緊張什麼？要睡倉庫的是你。」比爾說著，用開瓶器拔開軟木塞。

「羞羞臉的東西應該有收好吧？」露西緊接著答腔。

聞言，亞拿的眼睛乍現光芒，立刻跳下高腳椅，往稍早威廉放裝備的房間衝。威廉的反應也夠快，閃手拉住亞拿背後的兜帽。「妳給我等一下，我整理好妳再進去！」

「小子，你對淑女也太粗魯了吧。」比爾責備道，但也只是觀察高腳杯裡的氣泡，沒有要介入的意思。

「少囉嗦！這傢伙最愛捉弄別人，絕對不可以掉以輕心！」說著，威廉把亞拿按回椅子上，自己趕緊跑回房間並鎖上門。

露西好奇問亞拿：「你們什麼時候認識的呢？」

「昨天，入城的時候他跟我搭同一輛馬車。」

「威廉十九歲，你們兩個誰的年紀比較大呀？」比爾問完，隨即被露西狠狠瞪一眼。

「應該差不多吧。」亞拿頓了一下，悠悠轉動著桌上的馬克杯，語帶靦腆說道：「坦白說，我不知道自己幾歲，拉比從黑市商人買下我的時候，跟著我的東西只有名字，還有這枚耳環。」她撥開左耳前的瀏海，讓耳環完整展現出來——它的主體是一顆菱形的寶石，呈半透明乳白色，並由金色鏈條垂吊在耳垂下方。

兩姊弟聽完，歉意浮到臉上，亞拿馬上安慰他們，表示自己並不介意，只是很久沒跟別人聊起這話題，難免有一點點羞澀。

此時威廉終於回到吧檯，並帶了一條毛巾給她，說是每位房客都會有的盥洗用品。露西對威廉說：「睡倉庫是開玩笑的啦，亞拿離開前你跟我一起睡吧。」

「我才不要，又不是小孩子，我剛才已經把被子丟進倉庫了。戰士，再克難都可以睡。」

「漂亮，真不愧是我姊的兒子！」比爾用酒杯碰威廉的杯子，然後自顧自把酒給乾了。亞拿也鄭重向威廉道謝。

「對了！」露西突然想起一件感興趣的事，對亞拿問道：「妳說妳是從薩奧連大陸來的，聽說那塊地很大耶，妳是從哪個地方出發的呢？離這裡很遠嗎？」

亞拿知道對方只是單純想認識她，沒有其他多餘的動機，簡單透露一點應該還好，反正那地方他們也到不了。「我是從大陸的西岸來的，距離多遠嗎？我記得是花了兩個禮拜吧，馬車、飛船、馬車，是最省錢的交通方式。想知道出發起點的話，你們有地圖嗎？用指的比較快。」

「地圖？有的——」露西說著，整個人潛到吧檯底下。一旁的威廉突然緊張起來，拼命警告老媽不要拿出她想拿的東西，不過最後還是被對方得逞。

老闆娘將一張裱上木框的圖畫放上吧檯桌，得意道：「噠啦！世界地圖，我兒子五歲的時候送給我的！」

「漂亮，真不愧是我的外甥！」比爾又用酒杯碰威廉的杯子，再把酒乾一次。威廉已經把頭埋進手臂裡，耳朵紅紅的。

圖中有三座浮在空中的島，以及一座傾斜的陸塊，只剩一小角在圖畫右邊角落，左上角有個指北針，箭頭向左邊。

中間靠右的島看起來最小塊，上頭長著一顆大樹，旁邊標註「錫安」。左邊是第二大的島，上頭有豐富的山河，還有一座小城堡，為它標註「席爾薇」，然後在島的上方寫「加芙以拉奇」。

兩塊島的上方是一塊巨大的島，面積幾乎占去畫紙的三分之一，它一樣有些標誌性地貌，但沒有前一座島精緻，標記字樣寫著「薩奧連」。傾斜的陸塊上什麼都沒有，只註記「罕普羅」。

露西指著陸塊間的木色線條。「看！他還有畫聖樹的樹根耶，真的很細心呢！」

「而且還記得在陸塊周圍塗上藍色當空海，真是厲害。」比爾補充。

「好了啦！」威廉羞憤喊道。「快讓亞拿指她家在哪裡，然後我要把它燒了！」

「怎麼可以燒掉？這是我的禮物耶！」露西趕緊讓圖畫遠離威廉，然後從縱火犯的手搆不到的角度遞給亞拿，讓她指出自己的出發地點。

亞拿點在薩奧連大陸西方的平原。

「好了，給我！」威廉作勢要爬上吧檯搶畫。

露西趕緊把畫框拿開，然後繼續欣賞圖中每個角落。「話說回來，我忘記罕普羅是怎麼沉的了，你們記得嗎？」

「被『聖火』轟的呀。」威廉坐回椅子，拿起一塊麵包剝開。「那是聖會廳的秘密武器，『撒馬利亞之亂』後期用飛船投在大陸中央，炸出一個名叫『巴別』的巨坑。因為威力太強大，使連接的樹根斷裂，整塊大陸就斜向另一邊了，據說有三分之一的陸地直接砸進地海。」

「真是可怕呢……」露西用手輕輕撫過畫中的大樹。「如果哪一天聖樹枯了，錫安大陸掉下去，我們也會一起被拖下去，對吧？」

「沒有錯，」比爾用拇指比向一旁的亞拿。「不如我們先問問亞多乃的子民，九百年前帶全人類升空，打算什麼時候帶我們回地海？」

威廉跟露西聽了，雙雙皺起訝異的表情，後者更閃過複雜的情緒，似乎是被點醒了什麼事。

比爾看見母子倆的反應，瞬間比他們還激動，指著亞拿的眼睛說：「我的天啊，這很明顯吧！這小妞的瞳孔跟頭毛都是酒紅色的呀，你們都沒看出來？老姊，妳不可能不知道吧？」

語一落，霎時有股強烈的情緒從露西那裡撲過來，亞拿不禁閃了個寒顫，連強盜頭目都沒能這樣嚇到她；那不是殺意，也不是恨意，而是一種她沒有親自體認過的情緒——

它是極其無奈、又非常無助，同時反芻著溫吞的憤怒；胸口彷彿凍成大冰塊，卻有股烈火在裡頭焚燒，又燒不出洞，黑煙、廢氣與沸騰的高溫不斷囤積，釋放不出去，只能持續傷害自己。

威廉為自己辯解：「薩瑟瑞人，我當然知道啊，只是一時沒想這麼多……」

露西放下畫框，靠向身後的流理檯，將咖啡杯重新拿回手裡。她瞅著杯內喃喃低語：「怎麼可能忘記，只是好不容易拋在腦後……」

那些有說出口與沒有說出口的語言，全被亞拿收進眼底，強烈的預感在她耳邊咆哮，這家人肯定藏有某條線索，只是不確定是粗是細。為了拉比，已經顧不了他們的內心有什麼隱情，必須趁這機會追問才行——

此時，幾名衛隊隊員闖進門，對吧檯這裡喊道：「威廉！出大事了，你一定要知道！」

威廉立刻出去跟同袍們會合，露西跟比爾也表示忙了一天想休息，便開始收拾桌上的杯盤。看來是暫時沒機會問了，雖然很可惜，不過只要還住在這裡就有機會，亞拿如此安慰自己。

◆◇◆

隔天一大清早，亞拿跟威廉在街上走著，討論昨晚獲知的突發狀況——

威廉告訴她，強盜團的頭目逃獄了，過程中殺了不少人。衛隊立刻拉起警戒，派出許多高階將士展開地毯式搜索，並且與軍部合作，在城牆與各種出入口部署重兵。

亞拿好奇為什麼衛隊擺出這麼大的陣仗，感覺不像是要捉回搶了商會的逃犯，而是追捕暗殺王室貴族的刺客。乍聽之下像問了個愚蠢的問題，其實是因為她發現威廉在亢奮的背後，似乎還藏了別的想法，於是裝傻探問一下。

白髮騎士思考一會兒。「因為那人不是普通的罪犯，他是一位名叫『哥萊亞・貝爾森』的前衛隊的分隊長，因為升階的問題與長官們發生衝突，襲擊了一名反對他晉升的高級長官後成為叛將，衛隊已經通緝他很久了。」

「攻擊高級長官？是昨天那位總隊長嗎？」

「不是，是比他更高層的人，沒記錯的話，好像是王宮裡的大臣。」

聽到這裡，亞拿似乎能猜到威廉在興奮什麼了；通緝犯是衛隊的叛將，還是個讓上司們高度關注的罪犯，親手捉拿他的話，肯定可以得到更閃亮的功勳吧。白髮騎士的想法就是這麼好猜，不過還是確認一下好了。

「如果你親手逮捕他的話，肯定就可以升官了吧？」

「何止升官？連公主都必須親自授勳給我！」威廉的眼睛瞬間比晨光還亮。

「真的？這樣就能見到公主？」亞拿直覺威廉在吹牛，但還是捧場地搭話，看他會說什麼。

「當然可以呀，她可是衛隊的領袖！」沒想到威廉是認真的。「衛隊的軍籍編制是源自君理的棋種，由高到低排序是王、后、主教、騎士、城堡、士兵。我是城堡籍初階，已經有資格擔任小隊長；哥萊亞是騎士籍最高階，升不上去才會覺得很丟臉；昨天的迺曼總隊長是主教籍最高階。后籍跟王籍都是王室成員，以層級來說是衛隊的最高長官，平時不會干涉隊裡運作，但是會出席重要的儀式典禮。抓到叛將一定算是大事吧！」

聽此，亞拿不禁開始幻想未來的發展——

她幫助威廉抓到逃犯後，衛隊為白髮騎士舉辦盛大的慶功宴。他穿著華麗晚禮服，不過畏畏縮縮的一臉矬樣。公主在迎賓禮號中登場，拖著長長的禮服前來敬酒，威廉的臉紅成大蘋果。宴會結束後，她帶著大剪刀尾隨公主到休息室，用對方的漂亮衣服威脅說出秘密，意外得知遺物就藏在地毯下……

「我們去逮捕他吧！」亞拿提議道，卻見威廉露出鄙夷的表情。

知道白髮騎士非常在意前幾次都被搶走最後的功勞，她趕緊掏出三顆昏睡彈塞進對方的手裡。「這些都給你！一顆就能讓成年人睡上三小時，但是你必須想辦法讓敵人吸到裡頭的氣體。」

他翻弄著彈丸，接著斜眼瞅向亞拿，防衛心隨之築起。「妳老實說，為什麼這麼想幫我？妳又不會得到什麼好處，頂多付妳點佣金，還是說，妳想賣我人情？」

看威廉的表情已經臭到不行，如果不好好回答，這條人脈很可能會斷掉。她趕緊招供：「好啦好啦，跟你說就是了，但是你必須答應我不能說出去，不然不只是我，連你都會有危險，這樣你還想聽嗎？」

威廉倒抽了一口氣，心裡預備好後才請她繼續說下去。

她把對方拉進一旁的小巷子，音量稍微壓低一點：「你應該知道的吧，許多商會都有收售『事務型商品』，也就是俗稱的懸賞委託，花錢找別人幫自己辦事，或是幫別人辦事領報酬。」

「當然知道，我們衛隊會到商會取締非法的委託書，所以很多商會都會防著我們，只有他們信任的傭兵才能看到一些天價的委託書，例如殺人放火、偷渡禁運品之類的。」

「沒錯。坦白說，我就是專門買賣這種商品的商人，依照客戶需求遊走各個城市，靠著幫別人做事賺錢。反正我喜歡到處旅行，邊走邊賺點小錢。」亞拿說到此，威廉的眉頭已經漸漸舒開，看來是稍微挽回一點信任感了。

她繼續說：「我昨天早上收到一張委託書，委託人是匿名的，也就是說，他非常有可能是商會有權有勢的大客戶。」

「所以妳才會說有危險嗎？好，我不會說出去。但是必須告訴我那人的委託內容，這樣我才能放心讓妳幫我。」

「你不會逮捕我去領功勳吧？」

「絕對不會。」威廉豎起三根手指發誓。「如果逮捕妳，我老媽要怎麼收房租？」

「說的也是。」亞拿左右瞻望，確定附近沒有別人。「跟你說，我需要得到王室成員的親筆簽名。」

「妳……」威廉看著亞拿的眼睛，半晌後才開口：「妳是不是真的把我當笨蛋？哪個有權有勢的傢伙會需要靠委託得到簽名？他只要辦個晚宴、送個俸祿，簽名要幾張有幾張，哪需要一個異邦商人幫忙？」他一口氣罵完，甩身就要離開巷子。

亞拿連忙拉住威廉的手臂，讓對方拖著自己走，哭著說：「我怎麼知道哪個有權有勢的傢伙這麼膽小，連頓飯都不敢約！你可以不相信我，但你不能不相信世界上奇怪的人滿坑滿谷呀，不然我們這一行要怎麼過活！」

「三瑪拉克。」白髮騎士側過臉，神情含有些許鄙視。「要加入我的行動就得先押金，三瑪拉克，之後拿委託結案書來贖回。他提供的報酬一定非常多吧，這點小錢應該難不倒妳。」

「哪有幫別人工作還得付錢的……」亞拿抱怨著，從錢袋裡數點三枚瑪拉克硬幣交給威廉。此刻她真的感到後悔，後悔把威廉當成好唬弄的呆瓜，沒想到白髮騎士狠起來，跟老鷹一樣兇猛。

威廉接過硬幣，端視正反面圖騰的同時，臉上洋溢起勝利的笑容。

「走吧。」他將硬幣收進口袋，走回人潮洶湧的大街。「現在各個角落都有隊員在巡查。棘手的是，對方是前分隊長，他一定知道隊員們會怎麼找他。所以得換位思考才行，如果我是罪犯，我會躲在哪裡？或許，妳能看見我們沒發現的盲點——」

威廉自顧自分析著。然而對亞拿來說這任務不算太難，因為她對頭目的氣息還有點印象，只要在感知範圍內馬上就能察覺。不過，畢竟她的感知範圍沒辦法擴及整座城市，要捕捉到目標的形影，還是得按部就班走過每個角落才行。

但是她不太想讓威廉跟著，一來是對方絕對跟不上她的腳步，二來還要跟對方解釋什麼是「羽化」，這是最大的麻煩，因為它需要的是體會跟經驗，絕對不是靠頭腦就能理解。依威廉的個性，一定會問個沒完沒了，她是來完成任務的，不是來收徒弟的。

再說了，幫威廉升官只是找遺物的其中一條路徑，不能把希望全賭在這，得試著挖掘其他機會。帶著白髮男要怎麼找？

「威廉，」亞拿說道：「城市這麼大，人又多，我們分頭找吧，這樣比較快。」

威廉聽了，又皺起不信任的眉頭。「該不會我再看到哥萊亞的時候，他又是自己滑倒摔到頭吧？」

這回亞拿沒有心情開玩笑，她只想盡快單獨行動，便板起臉色，用嚴肅的口吻說：「只要他不是被你打倒的，對我一點好處都沒有，我的目的是讓你得到接見王室的機會，這樣我才能趁機要到簽名。所以，好？還是不好？」

白髮騎士猶豫了一下，最後選擇答應，因為分頭行動機會確實比較大。但是分開後很難找到彼此，於是他們到禽鳥商人那裡，買了一對「鴛鴦雀」與特製的笛子。一人帶一隻，只要誰先發現目標就吹響笛子。笛聲的音頻很高，人耳幾乎聽不見，卻可以傳到半座城市之外，另一隻鳥聽到後就會被吸引過來。

亞拿將鳥繫在草帽上，牠在帽簷蹦蹦跳跳，很開心的樣子。威廉則是繫在劍鞘，牠只能在劍柄上來回走動，活動範圍跟主人一樣無趣。都準備好後，兩人就邁向各自的街區——

—•—•—

君理 一種流行於加芙大陸的雙人對弈棋盤遊戲，雙方分別執黑棋與白棋，在六十四格棋盤上策動自己的棋種，先將對方的君主逼入絕境者獲勝。

第 5 節　躲貓貓

聽白髮騎士說，貧民窟會是衛隊的重點搜索區域，鬧區又有威廉負責，因此她決定先去人煙稀少的平民區看看。

走在路上時，她讓靈魂羽化成靈氣，釋放到比平時還要廣闊的範圍，然後隨興地掠過任何眼睛看不到的角落——

前方暗巷的雜物堆後面。

對面屋裡的每一個房間。

攤販後面的房子三樓以及天台……

她無聲無息撫過每一個生靈，確認都不是頭目的味道。

靈氣跟血氣都是人類與生俱來的靈魂能量，透過不同的提取方式，為個體增益出超越本能的能力。

血氣是心思意念的殘渣，蓄積多了以後，能被沒有修飾過的原始本性激發，如憤怒、悲傷、忌妒以及情慾，讓人的行為具有強烈侵略性與破壞力。只要情緒夠滿，或是夠習慣，每個人都能把血氣當成傷人的武器，而魔獸水晶便是血氣的催化劑，讓它劇烈膨脹，以致於更容易外溢到靈魂之外。

靈氣則是純粹的生命氣息，透過有意識的羽化，可以將它化作肉體的延伸，增強身體素質或是變成第六種感官。亞拿讓放出去的靈氣變得有點類似觸覺跟嗅覺的結合，使得她可以人未到，身體就先察覺到。然而伸展的距離越遠，濃度就會變得稀薄，感知能力也會比較沒那麼靈敏，所以她得控制在勉強可以分辨特定氣息的範圍。

不過，像讀心術一樣感知別人情緒又是另一回事了。

亞拿隨意閒晃著，找通緝犯之餘，也觀察銅月背後的百姓們都在做什麼。這裡的人步調比較慢，他們一樣會做買賣，商品多以日常用品與食材為主，價格大概只有鬧區的一半。

她試著跟一些攤販聊天，從跟商品有關的事情聊到與異邦人交流的經驗，他們都滿樂意分享的，但都對薩瑟瑞老密醫沒什麼印象。

無意間，亞拿察覺到一股突兀的氣息，不是頭目的，又跟席爾薇百姓的不一樣。半晌後，她終於想起這氣息的主人們可能是誰，立刻躲進一旁的暗巷裡，讓陰影完全吞沒自己。謹慎地探出視線，看向對街的屋頂上——

發現兩、三個身披黑色斗篷的人，體型目測比威廉高大一點，面容除了下巴的鬍鬚外什麼都看不見。他們的靈魂有濃郁的血味，並且從手到心都是冷冽的顏色，絕對不會錯，那些人就是拉比的敵人，隸屬於祭司廳的武力部隊——「拿細珥武僧」。

武僧們似乎正在交談，情緒平穩沒有特別的起伏，應該沒有發現她，否則不可能這麼冷靜。不過他們怎麼會在這裡？按照原定計劃，拉比跟他們現在應該在西方的城市才對。

亞拿的心頭猛然一顫。「難不成拉比出事了？」潛伏已久的壞念頭蹦出來，她趕緊用指節教訓自己的腦袋。「不可能！拉比這麼強，武僧絕對打不過她，而且如果真的出了什麼狀況，黛歐先生一定會在第一時間通知。」

她勉強喚回一點理智，繼續觀察那些人。他們自顧自討論事情，一點都不在意自己看起來有多醒目，正如該組織一貫的作風；是別人得順從他們，不是他們得配合別人。

這些人一生只遵從祭司廳的教義，因此完全不會把任何人的法律或規矩放在眼裡。黛歐先生所說的那起衝突事件就是他們的傑作，只要確認了目標就會毫不猶豫出手，就算對方是王國的高官也不會眨下一眼。

武僧們不懂如何將靈魂羽化，而是專注把肉體的本領鍛鍊到極致，使身體比一般人強壯，感官也比一般人敏銳，並且將血氣練到爐火純青的地步。他們絕對比那些依賴魔獸水晶才變強的人難對付，所以不能貿然跟他們打起來，能避戰就避戰。

目前觀察下來，他們還滿冷靜的，沒有瘋起來四處找人。合理推斷，他們應該只是在懷疑拉比的動向而已，於是分一點人手出來探查狀況。這幾天得更小心才行。

亞拿從巷子的另一頭離開，潛入隔壁街道。找到一家賣布料的店鋪，買了一條亞麻斗篷跟深色包頭巾。

先用頭巾將頭髮全藏起來，再把斗篷在地上拍一拍，然後隨便割幾個洞，使其變得破破舊舊的，披到身上讓自己看起更像一般的旅人。之後又在攤販那裡找到一副深色鏡片的眼鏡，剛好可以稍微遮擋眼睛的顏色。

完成變裝後繼續遊歷街區，踏過大半邊的大街小巷，並與各種職業的居民搭話聊天，但什麼都沒發現，連武僧也沒再撞見過。

今天在街上晃了多久，高強度的羽化就散發了多久，再耗費預期外的心神留意武僧，她覺得自己已經累壞了。當天色變成橙色的時候，拖著疲憊的身軀回到旅店房間，斗篷都還沒脫，便直接倒在床上呼呼大睡。

亞拿一直昏迷到午夜，終於被肚子餓醒。她卸下髒兮兮的裝備，迷迷糊糊走出房間，想看看廚房有沒有別人吃剩的東西，赫然發現吧檯上有一盤麵包與一張立起來的紙條——

「小安：記得吃東西，不要弄壞身體了。露西留」

她感覺嘴角有點酸酸的，在外旅行這麼久，第一次被外人這樣貼心照顧呢。

拿了麵包以及吧檯裡的半瓶酒，輕手輕腳走上樓，在儲藏室找到通往閣樓的小樓梯。閣樓裡的雜物亂中有序地堆放著，她從其中一扇老虎窗跨出去，來到旅店的屋頂。

選了個好位置，愜意地躺在星空月色之下，品嚐著露西準備的食物，還有那瓶不知道誰喝剩的酒，心情放鬆不少。

就在她猶豫要不要回房間拿煙管時，剛才的窗戶被推開了，某人探出頭，朝這裡喊道：「妳是貓嗎，這麼喜歡待在屋頂上？」

她故意學了聲貓叫，接著問威廉這裡的屋頂是不是也不能爬。當然，如果對方表示不能爬，她也不打算遵守就是了，大不了去躺隔壁的屋頂。

「沒有，這地方我也常來。」說著，威廉也跨出窗戶，壓低身子讓手可以扶著屋瓦，謹慎又笨拙地爬到她身邊躺下，還用雙手枕頭，似乎是想讓自己看起來也很自在。

若是平時，亞拿早已經賞威廉一拳了，擅自闖進她的獨處時光就是欠揍。不過算這傢伙走運，剛好有件事想確認——

「這麼晚了怎麼會上來，你也喜歡看夜景嗎？」亞拿問道。

「妳、妳走路那麼大聲，都被妳吵醒了，想說反正也睡不著，就上來看看……」

亞拿對他的心虛不感興趣，直勾勾盯著白髮男的靈魂繼續問道：「你們以前是不是認識其他的薩瑟瑞人？上次提到這名字的時候，你們的反應有點奇怪。」

威廉的心臟確確實實震了一下，不過很快又恢復平穩。「對呀，很久以前認識一個。不過那時我還太小，對那人沒什麼印象，只記得他很愛笑。」

「就這樣？」

「他的事情我知道的不多，老媽不喜歡聊起他，而比爾則是聊天時會不小心說溜嘴。我覺得比爾是故意的，為了讓老媽盡快死心，不要再等我那該死的老爸了。」

「那個薩瑟瑞人勾引你父親？」

「不是妳想的那種勾引，但結果差不多，讓他變成拋妻棄子的爛人。」此時威廉的靈魂有一半被燻成紅色的。他沉默一會，才繼續說：「我聽比爾說，那人好像是個密醫，跟我爸一樣。有一陣子常來家裡作客，老爸很喜歡跟他聊醫術的事情，兩人也越走越近。」

亞拿靜靜聆聽著，內心卻已經澎湃不已。「薩瑟瑞密醫」的足跡也有踏過這裡，雖然這家人好像很討厭他，但是如果沒有夠深刻的往來，就不會產生衝突的火花吧？所以一定有什麼線索藏在這個家！

「某天，混帳老爸突然說要到罕普羅遠行，不確定什麼時候回來。記得那一陣子，爸媽每個晚上都在吵架，當然，那時的我根本聽不懂他們在吵什麼，是長大後聽比爾說才知道的。」

「你父親有沒有說他要去做什麼？」亞拿追問。

「不知道，也懶得問，反正就是個混帳，不想了解他。」

「那麼，那個密醫有沒有給你們什麼東西，例如好用的草藥，或是聖樹樹脂製品之類的？啊對了，醫術抄本，大夫們最喜歡交流那種東西！」

語一落，威廉就側過臉來，狐疑的眼神在月色下散發寒光。她這才意識到自己一時興奮忘形，問得太躁進了。趕緊道歉：「對不起，聽到跟同胞有關的事一不小心就……」

白髮男把視線轉回前方。「我不知道，如果妳真的感興趣可以去問比爾，千萬不要去問我媽，我看她對妳滿好的，還幫妳留晚餐，就別讓她難過了。」

「我知道了，我不會讓老闆娘難過的。」亞拿承諾。

看來已經無法從威廉那裡問到更多東西了，雖然有點可惜，但至少知道還有比爾可以問。決定明天就去商會買瓶美酒跟上等火腿，晚上跟精明的老闆好好聊一聊。

「對了，妳今天有發現什麼嗎？」講回工作的話題威廉又變得有精神了。「我聽到一個情報，他跟貧民窟的地痞流氓好像有點聯繫，應該是互利關係。而那些人對衛隊隊員本來就有敵意，所以什麼都不願意說，或許妳可以打聽到什麼，如果需要一點賄賂金我可以想辦法，怎麼樣？」

「好啊，我去試試看。」亞拿隨意應付著，但心思早已經悠遊在星河之間了。

「鴛鴦雀應該還活著吧，該不會被妳餓死了？」

「怎麼可能？你房間的小蟲那麼多。」

「真的？會不會是妳從薩奧連帶來的？」

「不可能啦，牠們很窮，付不起你們的入關費。」

「說得也是，怪不得我每年都會逮到幾個偷渡客，薩奧連的特別多。」

「今年也有？」

「有呀，還爬到銀針的屋頂上吸菸草。」

兩人就這樣一來一回鬥嘴，沒有主題，沒有目的，就只是隨興談天說地，說的話是真是假也不在意，反正都沒有放在心上。最後終於在亞拿大大的呵欠中告一段落。

威廉走在前頭，小心翼翼摸回老虎窗，動作還是一樣笨拙。亞拿則是嫌麻煩，直接從屋頂跳到一樓，皮革鞋底在街上踏出響亮的聲音。

她旋即想起威廉的軟肋，再加上旅店的大門是鎖著的，根本進不去，於是又跳回屋頂，剛好與回頭的白髮男對上眼。

「剛才是什麼聲音？」

「沒有啊，你聽錯了吧。」亞拿又抿起裝傻的笑容。

◆◇◆

第二天，日頭都還沒爬上山稜線，兩人就出門了。

威廉要去跟同袍打聽情報，亞拿打算把昨天剩餘的區域探索完，再去貧民窟看看。

她沒讓威廉知道黑鼠幫的事，省得白髮騎士又疑神疑鬼的。

亞拿用了一整天的時間，把平民區剩下的街道都踩過一遍，接著到貧民窟晃一晃。她發現這裡的氛圍比之前來時更令人窒息，空氣中瀰漫著濃郁的不安與恐懼，剛好撞見幾名衛隊隊員正粗暴地盤問一個路人，那應該就是原因了。

沒注意過了多久，天邊的太陽只剩半顆，還沒找到黑鼠幫的老人或少年，眼皮已經快掉下來了。想到還得留點體力找比爾喝酒，打聽消息的事只好明天再繼續。

她慢慢走回街區，從後門進入商會。黛歐先生不在，也沒有託人留話給她，樂觀地想，代表沒發生什麼特別重要的事，也就是說，拉比沒事。她如此安慰自己，不過還是縮在牆角偷哭了一會兒。

等心情稍微平復後，她才到酒保那裡，買了一瓶上等的紅酒，以及一份非常下酒的肉品，隨後從後巷離開，慢慢走回懷赫爾旅店。

亞拿坐上吧檯，含著最後一點力氣等比爾。她漫不經心吃著晚餐，露西忙著工作沒來搭幾句話，但還記得轉達威廉今晚不會回來的消息。應該是想跟同袍一起夜間行動吧。

不知道已經跟商人們打了幾圈牌，比爾都還沒回來。最後體力實在撐不住，想到吧檯討些能提神的飲料，但不知不覺就昏睡在桌上了，最後也不知道是被誰抱回房間的。

◆◇◆

暖暖的陽光從窗戶照進來，鴛鴦雀在一旁細細鳴叫。亞拿突然驚醒，趕緊確認懷錶的時間，居然已經十一點了，這是進城以來最晚起的一次。

她快速梳洗一番，該拿的東西拿一拿就往街上衝，快步朝貧民窟的方向前行。感覺酒精還在腦袋裡晃蕩，頭有點痛痛的，只能不斷往胃裡灌水，讓身體代謝快一點。

冥冥之間，靈氣撫過一抹曖昧的氣息，亞拿立刻停下腳步撇過頭，眼睛直直望向氣息所在的方向——

是一條防火巷，這通道並不長，非常輕易就能看到盡頭，而氣息源頭就在巷子對面。由於只是漫不經心地摸到一小角，再加上當下頭腦不太靈光，一時無法確定那帶點血味的氣息是誰的，至少再觸摸一次就會知道。

亞拿穿過這條小道，映入眼簾的是一座蓋在坑裡的公園。它比周圍的地勢矮上一截，全由石磚砌成，形狀有點像吐司盒；凹陷的地形使一小段地下水道暴露在陽光之下，形成河流的模樣，居民可以輕易在這裡取水。

她知道這座公園的來歷，是「揀選者事件」的遺跡。當年武僧跟班納巴打架時造成大坑，不僅使地下水道塌陷又填不回去，國王就索性建成取水用的場所——水源公園。

俯瞰著這座白色大盆地，氣息的主人不在視野內，但是它的形影還在，並且一直連綿到水道口。她把靈氣往那裡延伸，直覺就快摸到目標時，一把飛刀已經飛過來——

亞拿反射性歪脖子，讓刀刃削過頭巾，釘在身後的牆上。緊接著，一幢龐大的身影衝出水道，腳程快得像用飛的，三步就到她面前，手裡的斧頭隨之劈來。但因為動作太大，她很輕易就躲過，並且墊步回到巷子裡。

「呼啦啦……沒想到還能看到妳，我太高興了。」強盜頭目——哥萊亞——的笑容在兜帽下微微浮現。「看妳也換了裝，不過我還認得那裙襬的花樣跟木棍。呼啦！別吹哨子了，我現在已經慾火焚身，必須好好發洩一下，來吧，我們繼續打吧！」

亞拿把鴛鴦雀藏進衣服裡，木杖架在身前，腳步慢慢往後退。她不能自己打倒頭目，頂多削弱對方的戰力，好讓威廉來收拾。但是眼前這人的血氣已經紅到發黑光，羽化過的靈魂隨便打都有機會讓對方直接失去意識。

哥萊亞在狹小的空間用斧頭颳起颶風，牆壁跟雜物瞬間被砍成廢物。她被逼得不停後退，閃躲對方的攻擊並不難，難的是再繼續退就要殺到街上了。

她逮到一個空隙，用木杖把對方的斧柄打斷，接著跳上屋頂，確認對方抬頭後才開始逃跑。不知道威廉會從哪個方向來，決定先帶著壞人在這附近兜圈子，感知到氣息就趕快帶去給他。

頭目也爬上屋頂，拔出一柄衛隊的佩劍朝著亞拿殺過來。她運用靈活的身手拉開距離，不過對方已經殺紅了眼，將屋瓦踏破、煙囪打爛也要縮短差距。

碎裂的磚瓦隨著巨響不斷掉落街上，民眾的驚叫聲四起，紛紛把目光跟手指尋到他們兩個身上。

成為整條街的焦點還不見白髮騎士的蹤影，亞拿急得快哭出來了，兜帽能拉多緊就拉多緊。

「呼啦！小婊子，怎麼？妳快的不只有腳吧，動手啊！別拖拖拉拉，快動手！」哥萊亞邊揮劍邊咆嘯，接著撲到亞拿面前，一劍將她身後的煙囪砍成兩段。

此時，亞拿終於感知到熟悉的氣息，就在對街的巷子裡。她立刻蹬牆衝過去，陰影中果然有一個人，但體格比期待的嬌小許多——

「咦，妳是大姊嗎？」黑鼠幫的少年驚呼，眼珠子在她的裝扮中來來回回。

亞拿一陣錯愕。雖然靈魂只是不經意摸到一下，但那瞬間感知到的氣息應該不是這小鬼的，特徵壓根不一樣，找到的卻是他？

哥萊亞也衝進巷子，凶刃從後腦杓襲來。亞拿趕緊抱住少年往前飛撲，讓佩劍只劈開地磚，再趁對方還沒把武器拔起來，緊緊摟住少年撲出巷口。這才瞥見那個熟悉的身影。

「他在哪裡？」威廉拔出佩劍，旁邊還跟著一名不認識的隊員。

「巷子裡！」亞拿話才說完，旋即發現手指的方向沒有人，抬頭看見那人已經騰飛在頭頂上。

少年還在懷裡，她無法靈活逃脫，只好握實木杖，並釋放出巨量羽毛，然後瞄準對方的武器——

同一瞬間，那名陌生的隊員已經凌空躍起，送一記迴旋踢到哥萊亞身上，使其摔到一旁。

亞拿瞪大眼睛看著隊員踉蹌著陸，以及幾根飛舞中的羽毛。

那人擁有麥色的皮膚與黑色短髮，體態比威廉精壯，不過身高應該跟自己差不多；他劍鞘上的裝飾比白髮騎士華麗。

「就是妳對吧！」黑髮隊員興奮道。似乎還有話想說，只是被威廉制止，要他注意敵人已經起身。

「呼啦！太軟了太軟了，廢物廢物廢物！」哥萊亞嘴上這麼說，手卻摀著被踢到的側腹，其中一條腿還微微顫抖著。

黑髮隊員站到亞拿與頭目之間，拔出佩劍對威廉說：「他的身體正處於虛脫邊緣，我會接下他的攻擊，你用劍柄重擊肝臟，不能砍死他，明白嗎？」

「你才踢了一腳而已他就虛脫了，是不是有什麼宿疾？」威廉將戰鬥架式擺好，並對還沒散去的民眾大聲喝斥，命令他們快離開。

哥萊亞勉強恢復狀態後，再次朝他們衝過來，威廉跟黑髮隊員紮穩步伐，亞拿則催促少年趕快躲進巷子。

敵人見狀，先將擋路的威廉擊開，使他跟黑髮隊員撞在一起。接著一把將少年拽出巷口，吊起他的一隻手，劍尖隨即往肚子送。

亞拿的木杖瞬間劃出大弧線，及時改變凶器行進的角度，使它從人質的頭頂削過去——

少年摔到地上，不過半條手臂還在哥萊亞手裡。

血泊中的孩子叫得撕心裂肺。頭目把斷臂丟到亞拿腳前，得意地大笑：「呼啦啦啦！就是這眼神，我喜歡，呼啦啦啦！」

逮到空檔，威廉跟黑髮隊員一擁而上，分別攻擊頭部跟腳部，但都被哥萊亞俐落擋下，雙方開始激烈交戰。

「對不起……對不起……」亞拿解下頭巾，將少年的傷口緊緊包起來，再餵他吃止痛藥，道歉的話沒有停下來過。

哥萊亞先把勇猛的黑髮隊員擊飛，再打落威廉的佩劍，並掐住他的脖子。「呼啦，該死的小鬼真難纏，不過沒關係，我抓到妳的朋友了，看我再砍下——噗哈！」

敵人的下巴被亞拿甩了一杖，威廉立刻跌到地上頻頻乾咳。

她又揮出好幾杖，命中眉心、臉頰、頸部、心臟，但因為是帶著憤怒打的，所以羽化的效果不彰。

血絲從敵人的鼻梁旁流下來，情緒還變得更加激昂。「呼啦！就是這樣就是這樣，終於願意出手啦？」佩劍隨即劈過來。

亞拿直接將那柄凶器擊斷。不過哥萊亞似乎就在等這一刻，趁機抓住木杖，另一手從斗篷底下抽出另一柄佩劍，要將她攔腰斬斷——

她放開木杖，瞬間彈跳到半空中，讓對方的劍刃揮空。

落下時急速旋轉身姿，腳跟在身體外圍劃出一道羽毛軌跡，砸在敵人的腦門，血色的靈魂立時炸成千百片。

哥萊亞雙眼一翻，身體僵直撲向地面，吭都沒吭一聲就昏過去了。

威廉瞪直雙眼，嘴巴久久無法闔上；黑髮隊員撫著受傷的手臂，從不遠處蹣跚跑來；圍觀的群眾間竄出許多衛隊隊員，手全扶在佩劍上，看她的眼神充滿了畏懼。

環顧此景，亞拿雙頰滾滿淚水。她一直告誡自己行事要低調，也深知盡快找到遺物才能幫拉比分擔辛勞。這下可好了，一個無辜的靈魂逐漸冰冷，然後全城的執法人員都看見她的身手，之後要怎麼裝成普通人探聽情報？

亞拿終於放聲哭出來，嚇著靠過來的威廉跟黑髮隊員。抱起瀕死的少年，此時的她已經聽不進兩個男生在呼喚什麼，毫不猶豫地扔下一把煙霧彈，讓乳白色的煙霧吞噬半條街。

接著閃身鑽入小巷，再憑藉羽化後的腳程，飛奔到水源公園。在鮮血滴落大理石地磚之前，雙腿踩進水道裡，懇請漆黑洞窟收留的同時，也讓流水帶走他們的足跡。

亞拿抱著少年，在涓涓長河中慢慢前行。她依稀記得，商會的地下暗門就在前方不遠的地方——

「姊……好、好冷……」少年虛弱地求救。

她用亞麻斗篷將對方緊緊裹住，然後試著在哽咽間擠出安慰的話：「不要怕……不要怕，再忍耐一下哦，就快到了。亞多乃是你的牧者……你不會缺乏的……青草地……水邊……」

◆◇◆

西方山區的某棵大樹上，一個身影隱藏在樹葉之間。她的呼吸又輕又慢，動作也非常小，幾乎完全融入在植物中，就算是老練的獵人也難以察覺到她。

這人將單眼望遠鏡伸出樹梢，遠目小如豌豆的席爾薇城。滿是皺紋的手指慢慢微調焦距，讓城牆一點一點靠近鏡框，接著瞧見一小抹煙霧，在城市上方漸漸消散。

「沉住氣呀，吾兒……」亞拿的拉比——底波拉——喃喃自語著。

第6節　拉比的回憶I

聖樹曆（HT.E.）2761年，秋季，「撒馬利亞之亂」第十一年。

以「平安」為字根的「亞德沙隆古城」，今晚過得非常不平靜。位在西區的某條街，地底下傳來陣陣沉悶的撞擊聲，時而微小時而猛烈，後者甚至會使路上的石磚地板隱隱震動。

突然間，一聲巨響穿透地面，石磚與泥土噴向周圍的民房，驚駭的叫聲隨之四起。第二第三個洞接連炸出，第四第五第六個也陸續跟上，此時，地面綻放閃電般裂痕，向四面八方蔓延，下一刻，撼天巨響轟上夜空，方圓半百餘公尺內的房舍、街道、醒著睡著的人，全都沉入地表之下——

在災區的中心處，一堵倒塌的石牆被銳物劈成兩半，一個身影衝出瓦礫堆，以飛快的腳程往廢墟邊緣跑去，並有數個身披斗篷的黑影跟著竄出廢墟，緊追在那人後頭。

被追逐的人一手握著形似羽毛的巨劍，劍身曲如眉月，護手有絨毛裝飾，另一手扛著一個人。剽悍的身手之下，卻是女人的身材。

眼看廢墟的邊界就在前方，赫然發現兩名敵人從兩側的瓦礫中現身，意圖左右夾擊。她甩出溢滿血色的大鋼刃，將一人砍倒在斷牆上，接著輕盈躍起，把另一個人踢給後方的追兵。

解決礙事的傢伙，她三兩下便跳上廢墟邊緣一棟半毀的房頂，將身上的人輕輕放下。

大氣還沒來得及歇一口，又有一名敵人追到身後，寒光隨之劃過來。她一個小幅的移步，閃過攻擊的同時，還掐住敵人的咽喉，並帶著對方跳回廢墟，落地之際，將手中的腦袋砸在尖銳的石頭上。

接著，她直直衝進敵群，砍倒兩個不識相的小角色，來到敵人的領袖——一堵特別高大的黑影——面前。

兩人的劍刃破空相撞，兩雙眼睛交換了殺意，刀光劍影的攻防隨即斬開，凶器不斷劃弧再交會，速度快得幾乎颳起旋風。

幾個嘍囉想趁機偷襲，然而他們一踏進兩人的劍圍，手腳便立刻分家，還有人被她抓去擋刀。領袖砍了自己的部下後，從視野死角擊出扎實的旋踢，將她送到一棟歪斜的樓房上，砸出巨大的聲響與碎石。

女子從裂縫中爬起身，嚥下一口血味，同時瞥見領袖正踩著牆面殺過來。她也不甘示弱，灌注全身的力量衝向對方，腳下的石牆應聲綻裂。

兩人都將武器引到應手的位置，一踏進劍圍同時劈出殺招——

領袖突刺她的眉心、她貫向首領的肚腹。前者側身閃躲，肚子卻還是被瞬間扭轉的劍刃刨出一個大洞；後者撇頭，驚險躲過致命傷，但左眼角灑出大量血花。

雙方靜止在出手的瞬間，直到領袖的腳邊傳來大把液體灑落的聲音，才正式宣告劍士——底波拉——的勝利。

然而，這名垂死的敵人似乎不甘願就這麼結束，舉起顫抖的手，抓住她的胳臂。底波拉懶得再補刀，而是提起腳，將對方踢開的同時，也借力把自己彈離現場。

她費了一番功夫，爬回剛才放下夥伴的房頂。最後終於精疲力竭，癱躺在天台上，張大嘴巴不停吞吐著熱氣，任憑劇痛不斷從左臉撕過來。

戰鬥劃下了休止符，下水道的水從石縫中涓涓湧出，在崩落的牆面與半截屍首間漫流。百姓哭號與呼救的聲音在月色下迴盪著，是祈求上天垂憐，也是對兇手最淒厲的控訴。

一番折騰後，才感覺身體的主導權回到自己手中。她踉蹌起身，用匕首割下外袍末端兩三條布料，顧不得清潔消毒，直接將它蓋在左眼上，然後沿著頭顱纏一圈繫緊，完成最簡陋且最不乾淨的包紮。

她回望廢墟，在月光與零星火光的映照下，看見五、六個身披黑色斗篷的人，團團包圍倒地不起的領袖。他們就是剛才與自己戰鬥的敵人——拿細珥武僧。

「活著的比預期多嘛。」她在心裡自語著。這並不是單純的風涼話，畢竟在稍早的下水道混戰中，光是將人攔腰斬斷的手感，有印象的就有四、五個，來到地面上出的殺招也沒留情過。原以為活著的只有現在的一半呢。

拾起腳邊的巨劍，解開劍柄上的皮繩，與身上特製的背帶結合，將大劍牢牢固定在身後。

隨後，底波拉走到夥伴的遺體旁，看著已無血色的面容，本以為自己會痛哭涕零的，但身心俱疲的她，現在連一滴眼淚都擠不出來了；這人是她的拉比，也是這次任務的護送對象之一。

任務本身算是成功了，因為另一名護送對象已經帶著重要物品成功脫逃，但這場革命的精神領袖——尼克狄姆——還是死了。這並不是她第一次失手，卻是她倍感遺憾的一次。

將遺體扛到肩上，身高近兩公尺的她，要同時肩負一把巨劍與一具單薄的軀體，根本易如反掌，但其背後所代表的意義，卻沉重得像馱了千斤大石。擁有令人聞風喪膽的本領，能將岩磚劈開又穿洞，那又如何？在戰爭的最後一哩路，連一個對自己而言最重要的人都守護不了。

她正要提步離開時，餘光瞥見一名武僧跳下原本聚集的地方，越過他們之間的廢墟，來到眼皮底下的陡坡前。只差那麼一點點，那人就要踏進象徵再度開戰的界線了，會在那距離止步，代表對方暫時沒有戰鬥的意思，想必是想在嘴上取勝吧，諸如威嚇、警告、咒詛之類的廢話。她用極其輕蔑的神情回敬對方的怒容。

那人咆哮：「我指著亞多乃起誓，有一天我一定會讓妳付出代價，替我的拉比報仇！厄梅迦的士師！」

「厄梅迦的士師」是這幾年來人們為她取的綽號，直譯就是「戰場上最後的判官」。源於倖存者的口述，只要遇上披著士師袍的女劍士，性命彷彿被放在天秤的一端，生死全憑那刀她想砍多重。對這說法，底波拉並不以為然，畢竟以她的立場，自己只不過是除掉礙事的傢伙罷了。

底波拉對那名武僧沒有展現更豐富的表情，只用平平淡淡的語氣回道：「回家去吧，這場戰爭是你們贏了。」說完，她轉身跳到另一棟房子，接著在高低不一的房舍上疾步，往城牆的方向前進。

趕路之際，她輕瞥腳下奔跑的人們，他們行進的方向與自己完全相反，伴隨慌亂的吆喝聲，知道這些人是要前去災區救人的。看著一張張憔悴卻激昂的神情，在漆黑的街道中閃爍著人性的光輝。她漠然移開冰冷的目光，繼續追趕星空下的山際線。

她的靈魂被這場內戰折磨了十一年，或者該說，她的組織與那些武僧間的爭鬥，凌遲了錫安的百姓十一年。所到之處無不留下難以收拾的瘡疤，無奈的是，對手背後的權勢在現今的世界中象徵著光明，相對的，組織的名聲在百姓的口中也就不堪入耳。

那些流言蜚語聽久了，她漸漸忘記當初加入起義行列的初衷，對組織外的人事物越來越冷漠，只專注在任務與夥伴上，即使在戰鬥中殃及無辜的人，她連一丁點虧欠的感覺都沒有了。

乘著無可匹敵的腳程，她很快就翻過城牆，來到荒漠某處，位在峭壁上的洞窟。這是她所屬組織「提巴」的藏身據點，也是少數未被攻陷的基地之一。

底波拉將尼克狄姆交給負責善後的成員。據點的人們已先一步獲知戰報了，然而當他們實際看到遺體時，還是難掩悲痛的情緒，有人撇過頭、有人切齒啜泣，當然也有人跟她一樣淡然以對。

隨後醫療班也簇擁上來，幫她重新處理傷勢，而當他們驚聲宣告重傷的左眼再也無法使用時，她並不意外，平平靜靜地接受了。

治療告一段落，她婉拒參與尼克狄姆極簡陋的悼念儀式，轉而向物資班討幾塊乾糧與葡萄酒，選了距離營火最近的位置，靠坐在牆邊。幫後腦杓找到稍微舒適的角度，閉上眼睛，在乾澀與蜜香的滋味中，用她自己的方式思念亡者。

她記得拉比曾嚴正教訓道：「等塵土失去靈魂後才想傾訴情感，只不過是心虛者的自欺行為。」而她很清楚，拉比當時之所以這麼說，是因為預期自己隨時都可能死去，不希望門徒們因此失意喪志，在戰場上被敵人趁虛而入。起初覺得這話很觸霉頭，之後越想越覺得有其道理，而現在確實派上用場了。

不確定過了多久時間，一位族長與幾名文士走過來，它們都不是第一線戰鬥人員，但組織興衰存亡，著著實實懸在他們的一念之間。能與武僧背後的勢力鬥到現在，他們的決策可說是功不可沒，或是罪不可赦。

他們鄭重向底波拉點頭致意後，逕自在她身旁圍成半圈，端端正正盤腿坐下，其中一人更將盛酒的皮袋遞給她。

接過皮袋，她一手捧著袋囊、一手傾斜袋口，用嘴接下一小口濃烈的葡萄酒，眉頭一緊，才嚥下那燒喉嚨的老玩意兒，展現對族長敬酒最基本的禮儀。

待底波拉將皮袋還給一旁的文士後，族長灰白色的大鬍子揚起笑意，用渾厚的嗓音徐徐道出準備已久的祝詞：「聖哉亞多乃！祝福了底波拉士師，粉碎墮落者的詭計，偉哉、偉哉！班納巴已經搭上商會準備的飛船，正航行在前往加芙大陸的空中，『麥祈的約定』安全了。而尼克狄姆已經歇了在地上一切的工作，願亞多乃憐憫，恩待他的靈魂，永遠活在亞多乃的殿中！」

她靜靜聽著「好消息」，臉上卻沒有一絲悅然，視線越過一名文士的頭頂，望著營火上舞舞躍動的焰苗；若在平時，這種冷淡的態度是會被糾正的，但底波拉知道，此時此刻的現在，他們會體諒她難得的任性。

族長繼續說道：「戰爭已經結束了，今晚開始，各地的夥伴會陸續離開錫安，免於被交到祭司廳的手中。我等並沒有失敗，因為最重要的東西被保住了，日後還有東山再起的機會，願亞多乃繼續指引我等！」說到這裡，族長向一名文士使了眼色。

那人收到指示，便從外袍內掏出兩捲羊皮紙，推到底波拉面前：「士師，這是最後的任務了，請在指定的時間，護送這兩位族長與其家眷到商會指示的空港搭船，您將隨同第二位族長一起離開錫安，前往薩奧連大陸。」

底波拉斜眼瞅著紙捲，半晌後才伸手，將它們收進外袍裡。此時文士們肅穆的神情這才舒緩下來，還能依稀聽見某人不經意的呼氣聲。

那些非語言的反應早被她看得明明白白的，畢竟原定計劃是，她會與今晚護送的人一起搭船離開。既然最厲害的戰士因故沒走成，組織自然不會放過這難得的機會，這些人是帶著什麼心情奉上這兩份任務，也就不言可喻了。

族長站起身，又向她點頭致意一次：「底波拉士師，願妳永遠在亞多乃面前蒙恩。」說完便離開，打理其他事情去了。

文士們並沒有急著退席，一個個卸下拘謹的姿態，有人駝起背脊與腰桿，有人雙手往後撐，更有人豪邁地灌上一大口酒，讓胸前濕透一大片。心情一放鬆，就地閒話家常起來，有人抱怨起幾年前某場會議的錯誤決策，有人生動演繹自己是如何躲過武僧的追捕，還有人開啟到異邦後要做什麼的話題。

正當大夥聊得忘我時，有個年輕人想起被他們晾在一旁的底波拉，便趁著話流問道：「士師，未來有什麼打算嗎？依您的身手，想必不管到哪裡，各路派閥都會拖著金山爭相聘僱吧！」

「還沒有任何打算。」底波拉興致缺缺答道，這貿然的搭話可真失禮，她本打算順著倦意直接昏迷到天亮的。

十三歲時革命爆發，十四歲開始舉劍斬人，現年二十四歲，別人充實知識的年華她卻都奉獻給戰場，殺戮之外的世界究竟長什麼樣子，她一點概念都沒有。

一位已有家室的文士覺得這問題太糟糕，輕捶了提問的小鬼一拳，說道：「戰爭都結束了，還提打打殺殺的事，別那麼不識趣。」隨後對底波拉諂笑。「人家也是能找個好男人，生個兒女，一家人安安穩穩過下半輩子，對吧？」

底波拉都還沒回答，這些好事的軍師已經自顧自兵推新的戰場，幫她一一欽點各族的英雄好漢。從體格評到腦袋，再從相貌篩到人品，就連同門的班納巴都被揪出來審視了。

就在軍師們快要編制出一支準賢婿部隊時，女方終於回過神，一臉困惑問道：「我真的有資格生養孩子嗎？」這些聰明的傢伙立刻安靜下來，瞪大眼睛看著錫安大陸上最強大的人。

她看向自己的右手掌心，繼續吐露埋藏在心底許久的疑問：「我親手剪除許多生命，那些人可能是別人的爸爸、媽媽、哥哥、姊姊、弟弟、妹妹，無論稱謂是什麼，他們肯定都是某人的孩子。如此滿手鮮血的我，真的有資格抱小生命嗎？」

誰料想得到，能將大鋼板把玩自如的女武神，腦子裡想的居然是如此細膩的事。文士們你看我我看你，沒人知道如何回應比較好，最後他們決定由讓話題變尷尬的傢伙來收拾這殘局，紛紛轉頭，對那有家室的文士投射責備的眼光。

「呃……我覺得，家人是不一樣的吧。」他頓了一會，與幾個要好的同僚交換眼色後繼續說道：「畢竟，我們文士也都算是殺人兇手，只不過用的不是劍，是筆跟嘴巴，但我們都還是能愛自己的家人呀。就像是獅子，對，母獅子！狩獵的時候很兇猛，但牠們還是會照顧自己的孩子。」說完，他又諂起笑容，環視在場所有人，顯然相當佩服自己的智慧。

從那之後，底波拉沒有再說話，眼睛一直盯著他們中間的空地，靜靜回味剛才得到的論點，以及心中漸漸萌芽的夢想。文士們也不再叨擾她，將話題從母獅子延伸到更遙遠的地方，要不了幾分鐘，那些字句就化作無法辨識的嗡嗡聲，輕輕拂過她的耳邊，隔絕在夢田之外——

從那夜算起的第五天，底波拉順利完成託付，先後將兩名族長與自己送上飛船。

她一踏上薩奧連大陸，立刻去找組織的前金主，將本領販售給浮空世界最大的商閥。不需要三年，她便由錫安大陸的奇談傳說，成為地下社會最受歡迎的活人武器，從礦脈爭奪戰到盜獵魔獸谷，只要是商閥想發財的地方就有她留下的刀痕。

當前戰友們捎信來指責她玷汙自己的靈魂時，她已經為自己真正想做的事砌上第一塊磚——買下一處秘境，並收養第一個孤兒。

在往後的人生中，底波拉只專注做兩件事，接委託賺錢，以及教養撿到的孤兒。她傳授一切生活需要的技能給孩子們，唯有一件事不教，那就是殺人的功夫。這讓商閥內的財主們頗有微詞，他們可是滿心期待士師會培養出一大批強大的小士師呢。

九十一歲的時候，她收養了最後一個孤兒。隨著那女孩漸漸長大，商閥裡的人開始發現，不管士師到哪裡，幾乎都會把那小傢伙帶在身邊，這是以往沒見過的情況。有人覺得，應該只是單純祖母疼愛孫輩的表現，畢竟底波拉真的很老了，又沒有自己的血脈。但有不少人更願意相信，或說期待，她就是士師真正栽培的接班人。

某天，組織的金主託人送來一封信，內容只寫著「是時候了」，以及赴約的時間與地點。

那時是聖樹曆（HT.E.）2844年，底波拉一百零七歲——

第7節　拉比的回憶II

昏暗房間的門扉被輕輕推開，一名年輕男子兜著光明走進來，當他將門帶上時，外頭的光線拂過側臉，短暫點亮那抹營業用的笑容。

「旅途辛苦了，老師。」男子恭敬問候道，遞上一個別緻的白瓷杯後，自己在桌子對面坐下。他說道：「請用，本店招待的上等咖啡。」

底波拉贈以微笑，將瓷杯捧進手裡，暖暖常被體溫遺忘的手指。她悠悠地環視這房間，藉著桌上油燈的光暈，看見座座陳舊如古董的書櫃，堆滿了一卷又一卷的文件，綁著結案繩。沒有書櫃的地方塞滿了木箱，或是一些用布蓋起來的不規則形狀物品，從牆邊一直淹到腳邊。

這裡是科洛波爾商會的行館，位在薩奧連大陸邊境山區，一座名不見經傳的小鎮裡，若天氣不錯，還可以望見對面一小片的加芙以拉奇大陸。

她小酌一口後，看著眼前的年輕人，不禁抿起微笑。「約翰，多年不見，你看起來過得挺不錯的，職位越來越高了呢！腿呢，接縫處有沒有再痛呀？」

「託老師的福，那位大夫的醫術真的很好，他選擇的藥草跟材料都很有效！」約翰說話的同時，將捲成綑狀的文件擱上桌，放在靠近自己的位置。

底波拉瞄了它一眼，知道那就是此趟的目的，不過既然約翰還沒把文件遞過來，她也不打算伸手要。「話說回來，選在這種偏遠小鎮交付委託，你老闆可真謹慎呢。」

「那是當然的，老闆很看重這筆交易。」約翰繼續說道：「相信這幾年來老師也耳聞不少，『祭司廳』與『聖會廳』有著不尋常的合作關係，比內戰時還要密切，所以這次的行動必須非常小心，絕不能暴露在他們的眼線之下。」

「在正式委託前，老闆有話要帶給您。」他從老師的眼神徵得許可後，才開始複誦口信，儘管聽者一臉不屑地撇過頭。「『時機已經成熟，我與族長們正在重啟奪樹計劃。我的女孩，這是最後一哩路了，當妳完成任務，除了豐厚的酬勞外，我將解除契約，還妳自由之身。』」說完，約翰解開文件的繫繩，將其攤開推向桌子中央，與油燈靠在一起。

底波拉側目掃過幾個關鍵字。「是嗎，藏在『席爾薇』呀。」

「是的，破譯班納巴的日記後確認此情報無誤，不過具體交給誰就不得而知了。老師，雖然您早猜到委託內容了，但我們還是照規定來吧。」說著，約翰挺直腰桿，使用格外鄭重的語氣說：「我們科洛波爾商會，委託底波拉女士前往席爾薇王國，尋找隱藏的保管人，並取回班納巴先生的遺物——『麥祈的約定』。」

底波拉靠向椅背，眼睛凝視空無一物的房角，繼續品嚐咖啡的味道。

對方又補充：「另外必須提醒您，班納巴先生的行蹤已非秘密，他曾在哪些王國逗留武僧都有掌握。三十年前，更有武僧直接與班納巴先生正面衝突，地點就是席爾薇城，引起不小騷動，聖會廳還派遣特使，幫助入獄的武僧無罪釋放。這也間接證明，聖會廳會無條件支援祭司廳，祭司廳的敵人即為聖會廳的敵人。以商會的立場，雖然無法明著與聖會廳交惡，但可暗中提供您情報支援，以及一切在商業範疇上可周旋的相關事務。」

底波拉閉起雙眼，靜靜感受瓷杯遞來的溫度，並在腦中梳理目前為止獲取的任何情報；約翰保持端正的坐姿，雙手揖在桌上耐心等候著。

過了一小段時間她終於睜開眼睛，吩咐道：「約翰，給我一張空白合約紙吧。」

約翰沒有多言，迅速備妥老師需要的物品。底波拉讓油燈壓住紙張的上緣，靠著微弱的光源，在紙上快速書寫著。

約莫一刻鐘後，鵝毛筆回到墨瓶中，她將新合約連同簽好名的委託書一併推向約翰。「幫我交給你老闆吧，他的委託我接了，但他必須連帶接受我這份合約。」

約翰很快就將新合約看完，旋即擰起不敢置信的表情。

「別說了，就這樣吧，代我向老闆問好。」底波拉起身，將空杯子留在桌上。

「是……」約翰小心翼翼地將合約捲起。

兩人離開小房間，穿過樸素的廊廳時，約翰隨口問道：「老師這次會找哪路的幫手呢？」

「就是那個跟我一起來的女孩。」底波拉回答時沒有半點遲疑。

「什麼？」約翰抽高聲調，驚訝程度更勝看到新合約的時候。「老師，您是與拿細珥武僧交手過的，不可能不知道他們多麼殘暴，即便是小女孩他們也……」

「這不能怪他們，畢竟他們曾被一個小女孩虐殺過。」底波拉對約翰上揚單邊嘴角，接著又補充：「別小看她，她可是我的愛徒。」

「那麼年輕就捲進這種事……」

他們來到位於前廳的酒吧，快到門口時，約翰驟然停下腳步，用含有憤慨的語氣說：「老師，恕學生失禮，您這樣會毀了她的人生的，您不可能不知道這場戰爭會摧殘一個人到什麼地步！」

底波拉回過頭，與正義凜然的眼神相望。這學生從以前就是個富有憐憫心的人，突然用如此激烈的措辭，是希望促成一番思辯吧，哪怕是難看地吵一架、被老師討厭也在所不惜。

她瞇起眼眸笑了笑，大手在對方的肩膀上拍兩下。「謝謝你，約翰。我會負責引開武僧的注意力，哪怕是一個月兩個月，都會幫她爭取翻遍城裡每一寸土地的時間。」

見老師沒有丁點退讓，約翰用力撇過頭，將怒氣甩向一旁的地板，喃喃低語：「都已經百歲了，還想靠體力拼命……」

「放心，我還硬朗呢。」說著，底波拉自己拉開大門，並用眼神邀請約翰一起走出酒吧。「你沒見識過她的身手吧，祭司廳也沒有，因為我把她藏得很好。」

「才不是身手的問題，是——」約翰的頭頂才剛越過門楣，一個身影從天而降，重重砸在兩人跟前，並且揚起一小波塵浪——

一名年輕的女孩解開蹲姿，蹦蹦跳跳走過來，對底波拉說道：「拉比妳猜猜我看到什麼？是哈斯特鷹耶！好大一隻，就跟妳說的一樣！」

約翰瞪大雙眼，在女孩身上滯留幾秒，接著緩緩移開目光，仰起頭，望向符合那股衝擊力的跳躍處——房屋旁二十幾公尺高的香柏樹樹冠。

「約翰，」底波拉將大手搭在女孩的頭上。「她就是我這次的得力助手，亞拿，以後還請多多關照囉！」語落，臉上隨之滿溢出驕傲又滿足的笑容。

第 8 節　狐狸的邀請函

不知怎麼了，意識比肉體早一步甦醒。輕柔的陽光穿過窗櫺，暖暖地灑在髮梢與眼皮上，將原本幽黑的眼幕暈出淡淡的金黃漸層。

還是好不想起床，她縮緊身子，將臉埋進軟綿綿的被窩裡。然而，外頭一直傳來糊成團的窸窣聲，就像一波一波小小的聲浪，無禮地往耳朵裡沖、一直沖、一直沖——

「吵死人啦！」亞拿掀開被子，抓起枕頭，往噪音來源——威廉、黑髮隊員——的臉上扔，一人賞一顆剛剛好；那兩人靠坐在床鋪對面的牆邊，不確定他們聊了多久的天，但能肯定的是，他們的音量根本沒在客氣。

「你們兩個好色哦，居然看我睡覺，看表演可是要收錢的哦……」亞拿盤起腿，伸手取過擱在床頭的木杖，架在肩膀前，讓臉頰能輕輕靠著它。

「妳以為我們想嗎？」威廉將枕頭拋回床頭：「還不是因為妳突然丟個煙霧彈就逃跑，然後兩個晚上都不見人影，好不容易等到妳回來睡覺，當然要守在這等妳起床呀！」

亞拿揉揉眼睛，抹去眼角的淚珠。「這兩天你們衛隊的人都在找我，煩都煩死了。到底找我有什麼事？我不是已經幫你完成任務了嗎，難道他又逃獄了？」

「要找妳的不是我，是他。」威廉用拇指比向一旁的黑髮隊員。「他是前幾天夜間行動時認識的小隊長，賽特。他說他有樣東西要給妳看，保證妳一定會感興趣。」

「Shalom！」黑髮隊員用她熟悉的語言打招呼，接著從身後拿出一個皮製的小包包，放在盤著的腿上。「我的名字叫賽特，那天看了妳的羽化後，我猜，妳應該就是班納巴一直等待的人。」

亞拿的眼睛立刻睜得又大又圓，睡意也消失得無影無蹤，不過她很快就收起充滿破綻的表情，微微擰起警戒的眉頭。「我也發現你會羽化，所以你的意思是，你就是保管人？」

這人的靈魂已經是甦醒的狀態，亮白色占據了絕大多數的位置；他跟威廉一樣擁有高貴的色澤，甚至更濃一點；當中也參雜些豐富的色彩，還不確定它們各代表什麼意義。

賽特只是笑了笑，隨後從小包包裡取出一支陳舊的卷軸。亞拿的雙眼瞬間亮得跟貓眼一樣，矜持跟木杖全都拋在床上，連滾帶爬翻下床，衝向拿著卷軸的那隻手——

「妳別急，先聽我說啦！」對方趕緊將卷軸舉得高高的，剩餘的手腳用盡各種方式阻止亞拿繼續突進。

她使勁伸長沒被牽制的手臂，試圖搆著近在咫尺的卷軸。「給我！我找好久了，快給我！」

慌亂之際，賽特向一旁事不關己的威廉求助：「別只顧看戲，快幫忙呀！」

白髮男這才回神，用手肘勒住亞拿的腋下，將她從賽特身上拉開。

亞拿原本並沒有想太多，只是興奮得想取得卷軸，沒想到這兩個男的如此不可理喻，她氣得大罵：「放手，再不放開我要生氣了哦！」

賽特將卷軸藏在身後，伸直手臂擋在亞拿臉前。「小姐請冷靜，東西我一定會給妳看，但先冷靜聽我說！」

「少囉嗦！那東西本來就是我們的！」亞拿奮力掙扎，不過威廉的力氣實在比她大多了，怎麼扭都無法擺脫對方。若要脫身，勢必得找個角度肘擊威廉的臉，而越來越不耐煩的她，血氣已經悄悄竄入手肘——

這時房門突然被搧開，露西問道：「你們在吵什麼呀？從外面聽起來亂嚇人的！」

老闆娘衝進來的時間點真是尷尬，一名衛隊隊員一臉驚恐地瑟縮在牆角，自己的兒子架著一個衣衫不整的女孩——

「老闆娘，他們欺負我……」亞拿淚眼汪汪裝無辜。

「媽，別聽她胡說！」

「夫人，不是您想的那樣，請聽我們解釋！」

聽著雙方互相指控，露西看了看那隻狠狠揪住賽特衣領的左手臂，然後瞇起營業用的笑顏。「小安的刺青真好看。好了，你們都先鬆手吧，出來喝點果汁冷靜一下。」

亞拿手臂上的刺青，是三根大小不一的羽毛，相互交錯著。

星期日的上午十點，店裡沒有其他客人，大家不是前往市集尋寶，就是到聖會堂參加聖禮了。

三人跟露西借了張餐廳角落的桌子。進入正題前，兩個男生跟亞拿說，賽特為了說服威廉帶他來旅店，坦承了跟遺物有關的事，儘管黑髮笨蛋一再強調自己是不得已的，亞拿還是狠狠責備他一眼。作為保密的交換條件，賽特已經答應威廉要教他羽化的事，怪不得白髮男今天的心情那麼清澈。

賽特坐在亞拿對面，兩隻手將卷軸握得緊緊的。「差不多是十年前，我認識了班納

NOT FOR SA
©蕾蕾

巴，他教導我關於靈魂的知識，以及撒馬利亞之亂的事。他離開前把這支卷軸交給我，吩咐我在未來某天，將它交給符合資格的人。妳再忍耐一下，我快說完了。」

亞拿的嘴巴抿得扁扁的，並將焦躁的雙手壓在大腿下，試圖壓抑興奮的情緒。花了好長一段時間，千里迢迢來到這麼遠的國度，每天總是提心吊膽的，現在通往終點的鑰匙就近在眼前，叫她要怎麼冷靜？

賽特繼續述說著他的資格論，但亞拿一點興趣都沒有，雙眼盯著卷軸軸承上毫無美感的雕飾發呆。

「最後要問妳一個問題，」對方揚起嚴肅的口吻，直到亞拿與他對上眼才繼續說：「妳會唱『伊絲勒的祈禱』嗎？」

亞拿挑起半邊眉毛，不是不會唱，事實上，她熟得不得了，因為那首歌是薩瑟瑞人的傳統童謠。令她困惑的是，賽特為何把如此簡單的歌曲當作神秘暗號似的，這首歌連那些武僧——他真正該防範的人——也會唱。但看到對方態度非常認真，還把卷軸握得更緊實，才確定黑髮騎士並沒有在開玩笑。

「當然會呀。」說著，亞拿隨口就清唱一小段——

對方聽著聽著，臉上漾起笑容，接著將卷軸的兩支軸承向兩邊推展，使神秘的內容完整攤在陽光底下。

亞拿被這突兀的舉動嚇到，怎麼可以就這樣把它打開，被人看到怎麼辦？正想伸手制止時，紙上的內容卻更令她震驚。「這是什麼啊！」

「看來是席爾薇都城的地圖。」威廉解答。

儘管一度萌生被耍的念頭，亞拿還是克制住情緒，慎重確認道：「這真的是班納巴要交給我們的？」

「千真萬確的。」賽特表情自得，顯然對此質疑早有預備。「我想妳應該也猜到了，妳真正要找的東西不在我這，我只是幫忙送信的。順道一提，妳剛才唱的是『尤諾之家』的版本吧，用的是古薩瑟瑞語，班納巴說，會唱這個版本的人才算合格。」

亞拿頓時語塞，她知道自己唱的是古語，但並不知道原來還有非古語的版本。賽特不僅聽出其中的差異，甚至連「尤諾之家」都知道，證明他肯定受託於班納巴，但當前的問題是——這幅地圖到底是什麼意思？

賽特沒讓亞拿疑惑太久，手指向地圖的右上角，一個淡淡的方形框格，確認她的眼睛跟上後，再依序點過地圖上印有框格的位置。「從右上角的格子開始，把歌詞抄上，完成後，拼出所有格子內的字母。」最後，他奉上淺淺的笑容。「我能提供的資訊就這麼多了，畢竟我不會寫古薩瑟瑞文，等妳解出來，我也算是報答了班納巴的恩情。」

亞拿到吧檯向露西借了筆跟墨，回到座位著手將歌詞抄寫在地圖上。她小心翼翼拿捏字母的大小與間距，好讓字句遇到框格時，能不偏不倚地坐進格子裡。約莫半小時後，最後一個字母終於就定位。

「如何？是有意義的句子嗎？」

亞拿點點頭，手指隨著視線點到童謠中唯一的「皇宮」單字，它恰恰與地圖上的王宮城堡疊合。

「『宮殿裡的狐狸』，王宮裡有人養狐狸嗎？」亞拿在賽特跟威廉的眼神中尋找答案，可惜他們都茫然地攤手與搖頭。

不管怎麼說，搜索範圍總算縮小了，她從座位上站起來，目光直勾勾盯著王宮的圖示。「好，反正進去找狐狸就對了！」

聽到那宣言，兩名衛隊隊員嚇得下巴都掉下來，白頭髮那位更是抓住亞拿的手臂，連忙確認那句話真正的意思。

「當然是到王宮裡找狐狸的飼主呀。」回答的同時，亞拿發現眼前兩位男士的表情更加逗趣。「你們不用擔心啦，我的速度很快，又很會躲，不會讓人發現的。」

聞言，威廉的臉瞬間皺在一起，就像在鐘樓的時候，賽特立刻伸手擋住白髮騎士，然後對亞拿說：「你們都先冷靜，站在衛隊的立場，當然不可能同意讓妳闖進我們主人的家。我知道妳很急，想趕快找到東西，但一定還有其他辦法，妳一定不想再引起騷動了，對吧？」

就在此時，旅店外頭傳來某人唱戲的聲音，從遠方接近正門，歌聲也越來越清晰，接著門板被大力推開，那人剛好唱到最後一句台詞：「混——帳東西！」

果不其然，是黛歐先生，身旁跟著兩名男子。那兩人應該是他的隨扈，身穿筆挺的素色禮裝，戴著與衣服相襯的紳士帽，深色眼鏡配上似笑非笑的撲克臉。

三人朝這裡快步走來，老闆娘想把他們攔下卻被忽視。威廉跟賽特立刻挺身上前，手扶在劍鞘上，兩名隨扈見狀，也將手伸進衣襟裡——

亞拿則是輕嘆一口氣，拍了拍兩位騎士的肩膀說道：「沒事的，他們是我的雇主，手放下來吧。」又對露西說：「老闆娘不用擔心，他們是科洛波爾商會的人，我們要借用妳的餐廳開會，可以請妳幫我們把門鎖上嗎？半小時就好了，帳可以算在我的房租裡，謝謝妳。」

說完，威廉跟賽特才慢慢把手從佩劍上移開，但是情緒沒有絲毫鬆懈。露西遲疑了半晌，與兒子交換眼色後，才急忙轉身照辦。

「哦——闖禍的小妞！沒想到，萬萬沒想到——」黛歐先生又開始唱歌劇了。「才短短幾天，妳已經學會禮貌，不僅交了朋友，還結了羈絆。但妳或許不知道，是犯傻——還是無知？妳真正該學會的，傾心的，是專業！是獨入狼群，靈巧如蛇、馴良如鴿，的——專——業——」

唱完最後一句的同時，他揮開雙臂、仰首天花板，維持這姿勢一會兒，直到隨扈鼓掌才放下來，恢復手揹後面的站姿。

「好了，已經沒什麼時間了，我們廢話少說。」黛歐先生的面具臉依序掃過威廉跟賽特，問道：「這兩位長官是誰，他們需要待在這？」

「不要緊，他們是盟友。」亞拿為商會介紹兩人：「他是威廉，班納巴曾接觸過他的父親。他是賽特，班納巴把線索託付給他，東西就在桌上，你們可以看一下。」

黛歐先生先檢視了那張地圖以及上頭的筆跡，又看了看兩名隊員，滿意地點點頭。接著自己拉了張椅子坐下，腳翹得很優雅。

「妳幹掉哥萊亞後，國王立刻召集大臣跟軍部的人開緊急會議。兩件事情，一是妳的戰鬥能力曝光，嚇得他們差點尿褲子。二是這幾天都有穿黑斗篷的傢伙，把城牆當羊圈的柵欄，隨隨便便翻過來翻過去。這些都挑動了大頭們的敏感神經，讓他們想起當年的『揀選者事件』。兩位長官這麼年輕，那事件的始末都是上司編給你們的吧？」

兩名隊員互使眼色，由位階較高的賽特代表發言：「在衛隊的文件紀錄中，當時祭司廳的戰士要追捕世界通緝犯，也就是班納巴，在城裡發生激烈戰鬥。一名無辜的大臣受到波及而亡，戰士被羅伊制伏收押入獄，班納巴則不知去向。後來經過聖會廳特使前來調停，戰士直接無罪釋放。」

接著又補充說：「我是認識班納巴後才知道真相。真相是，拿細珥武僧是為了搶『麥祈的約定』才大打出手，而那位大臣就是當時的保管人，所以武僧並不是誤傷無辜，是有意為之。不過國王跟軍部都不知道信物的事，又無法理解雙廳的作為，只好做出這樣的報告紀錄。」語落，威廉負責在一旁表演啞口無言的人。

「沒有錯，所以只要發現本領異於常人的薩瑟瑞人，他們就會非常緊張，國王可不想再蓋第二座『水源公園』。」黛歐先生又說：「這麼說吧，衝動的小妞，他們不敢動那些黑斗篷的，是因為怕惹祭司廳不開心，惹祭司廳不開心就會讓聖會廳不開心，聖會廳不開心就是跟六聖王都唱反調，所以他們只能選擇處理妳。」

亞拿頭低低的，一句話都不敢吭。哭臉面具人繼續說：「不過好消息是，他們查到妳是用我們商會發行的臨時通行書入關的，所以就算想處理妳，也會因為擔心得罪我們而有所顧忌。可喜可賀，可喜可賀！」說完便帶著隨扈一起鼓掌。

威廉忍不住小聲問賽特，為什麼王國需要重視用臨時通行書入關的人。賽特也用低語回答：「浮空世界第一大商閥的貴賓，就算再不歡迎也得看錢的面子……」

兩個男生的對話，黛歐先生也在聽。「不錯，『貴賓』的猜測增加了不確定性，大頭們不知道這手能下多重。下手太重影響日後的合作關係，下手太輕又搔不到癢處，這就是我們要的，讓他們舉棋不定。」

「聽好了，身為活棋的小妞，這種曖昧關係本來就是最後一道防線，不得再被深掘，到那時連我們都必須處理妳了。」黛歐先生從衣服裡抽出一張信封。「大頭會議當天的午夜，這封委託函就送來商會，對方自稱是王宮的密使，封蠟確實是席爾薇的家徽。」

亞拿接過信封，抽出信函粗略掃視過內容，為難的表情隨之揚起。「他們僱用我去調查『普爾節盜賊團』？」

「沒錯。他們的意圖非常明顯，就是要把妳弄出城，應該是期待越久越好，這樣妳跟祭司廳打起來的時候就不至於殃及城鎮。而且萬一妳不幸怎麼了，他們也可以撇得一乾二淨，我們無法追究。」

「可是，遺物怎麼辦？我不想出城，想趕快找到……」話還沒說完，黛歐先生驟然起身，一手掌按在她的腦袋瓜上。

面具人用極其挑釁的語氣說：「唉唷——終於想起任務優先啦，出手前責任感上哪去了？妳給我聽好，大頭們沒驅逐妳就該偷笑了，還奢望若無其事找東西？妳以為以妳現在的身分能大搖大擺在街上閒晃找線索，頭殼壞啦？」

「我不管妳要如何完成他們的委託，總之先消失在他們眼前一陣子，我們盡量幫妳買通關係，並且打聽誰在王宮養狐狸，妳只管乖乖出城。聽懂沒？」他搖晃手掌，搖到亞拿點頭才罷休。

「乖孩子！今晚記得到指定地點赴約，對方可能是要補充一些不方便讓我們知道的事，有什麼異狀妳知道該怎麼辦。」黛歐先生說完，便帶著隨扈準備離開。

亞拿坐回椅子，用手摀著眼睛，攔住了淚水，卻阻止不了唇縫間的啜泣聲。

此時，威廉不知什麼情感被觸動了，憤怒的情緒倏地膨脹，義正詞嚴地喊住哭臉面具人：「我不管她跟你們的合作關係有多畸形，但是你們不僅擅自闖進我家，還羞辱我們的客人，從頭到尾沒一句禮貌的話，這就是世界最強商會的商道嗎？」

黛歐先生愣了一下，然後走到威廉面前，傾下瘦高的身子，讓哭臉與他的鼻子只有一根手指的距離。「我很喜歡你的勇氣，狀況外的小子。如果你真了解她犯了什麼錯，你會付我錢拜託我罵得更兇一點，然後對於教我如何做生意的自己感到羞愧。再會，威廉・希門・懷赫爾騎士。」

面具人扭頭就朝大門走去，走沒幾步又想起一件事。「哦對了，妳託孤的那個小鬼，目前沒有生命危險了，照料的費用之後再跟妳算。告辭！」他的隨扈將門輕輕帶上。

露西趕緊跑來摟住亞拿，威廉則是開始體會不寒而慄是什麼感覺，對塞特說：「他、他居然知道我的中間名，我只有在衛隊的名冊才留過完整名字……」

「不用太意外，他們可是地下社會的聖會廳呢，搞不好連我父母是誰都查得到。」賽特說著，逕自取過信函，到窗邊借光細讀。

亞拿哽咽著說：「好不容易有進展了，為什麼會變這樣……我才不想去找什麼普爾節！」

「不，妳必須去。」賽特將信遞給亞拿，緊接著安撫道：「小姐冷靜——別急著生氣。來，對著陽光再看一次吧！」

亞拿有些困惑，剛才讀信的時候光線也沒有不充足，紙上除了委託內容以外什麼都沒有。但看對方的神情十分堅定，便接過紙張照著他說的做。

當手中的紙與窗櫺對齊，光線打在背面，正面的浮水印立刻現形——長長的嘴巴、大大的尖耳朵，以及用兩條細線代替的眼睛。

「是、是狐狸！」亞拿從椅子上彈起來。

賽特苦笑：「伊絲勒、王宮、普爾節，妳不覺得這一切都巧得太詭異嗎？」

亞拿用手背把眼淚抹一抹，委屈的感覺也消失了，嘴角偷偷地上揚。露西看她情緒穩定下來，溫柔地摸摸她的頭，就去忙自己的事了。

「好……我知道了。這份委託很有可能就是狐狸主人安排的，去了就會找到答案。」她又好奇問：「那支盜賊團是薩瑟瑞人組織的嗎？」

威廉回答：「根據衛隊的情報，應該都是我們加芙人。他們專門在野地劫持商隊，而且只針對貴族的貨物下手，讓長官們非常頭痛，所以不時會安排假商隊，引誘他們上鉤，但至今都沒有成功過。」

賽特也補充：「值得一提的是，他們不只有團名借用典故中的元素，連首領的稱呼也是。」

「所以你的意思是——」

「是的，他們的首領就叫伊絲勒。我不敢肯定狐狸主人跟她是什麼關係，但是既然宮殿裡的狐狸主人要妳去找普爾節的伊絲勒，那麼信物的下一條線索十之八九就在那裡，這是我自己的看法。」

「看來是這樣呢。信裡約我今天晚上九點到南門的城牆上會合，不知道他要說什麼，希望可以問到一些東西。」

此時威廉突然插話：「妳是不是忘了一件非常重要的事情？」

亞拿跟塞特一起看向那個理當知道最少的人，很難想像他突破了什麼盲點得出意料之外的見解。

白髮男翹起得意的笑容。「妳騙我妳的委託是得到公主的簽名，結果原來是要找族人的遺物，妳毀約了，三瑪拉克我就不客氣收下囉！」

◆◇◆

今夜的烏雲挺多的，將美麗的星河遮去大半邊。城牆上一名衛兵對著漆黑遠景打呵欠，過沒多久，另一名衛兵從升降梯房呼喚他，兩人的氣息便隨著升降梯的運作聲慢慢消失。

此時，一根木杖勾住牆垣，接著送一個身影登上城牆。亞拿掏出懷錶，時間是八點半。

依照信函的提示，要到升降梯附近的武器庫等。於是她站在門前觀察四周的動靜，尋找任何疑似委託人的身影。

「妳提早到了，不愧是科洛波爾的商人。」庫房內傳來人聲，他的聲音極其尖銳，明顯是吃了幻聲藥；要不是因為她現在精神抖擻，早就噗笑出來了。

那人繼續說：「我只是個送口信的，能回答的問題不多，但我會說出任何妳需要知道的事。為了不浪費彼此時間，請先把這東西銜在嘴上，接下來的時間，妳只管聽就好。」說完，那人從門上的鐵欄窗遞出一條長方型的物體。

亞拿接過那個木頭質感的東西後，那人又說話了：「請背對著這扇門，我略懂一點靈氣，只要妳做出違心的事我馬上就能察覺，然後點燃庫房內的燃燈，我的主子看到火光，便會立刻燒掉妳想要的那個東西。妳一定知道我是認真的。」

對方說話的同時她已經把靈氣探進門縫，信差的情緒雖然有些波動，但大致還算穩定，所以應該不是虛張聲勢而已，為了遺物也只能照辦了。

「謝謝妳的配合，以下才是真正的委託內容。今晚午夜時，會有一支誘餌商隊從波波賽港出發，預計清晨抵達南邊的『蘭特羅森林』。妳的任務就是在伊絲勒陣亡前，先一步找到對方，並用妳嘴上的東西取得她的信任。當妳隨同伊絲勒回到席爾薇城，我的主子，狐狸，必定會給妳滿意的獎賞，『麥祈的約定』。最後，事成之前，不要讓商會知道以上的談話，明白嗎？」

得到了關鍵字，亞拿立刻用一聲短音代替承諾。

「謝謝妳，『願哈曼大臣被掛在自己的刑具上』。」這句話全用薩瑟瑞語說的，精準引用了伊絲勒故事中的內容。

隨後，庫房內便傳來石板摩擦的聲音，那人的氣息也消失了，推測應該是使用秘道之類的方式離開。

她取下嘴裡的東西，向月亮借了微光將木盒打開，驚見一枚項鍊躺在裡頭；它的鍊條與墜飾都是金色的，刻記和雕花都出自精湛的手藝，鑲於核心的寶石閃爍銀白光澤。

「盜賊伊絲勒，該不會真的是皇后吧？」亞拿不由得自語。

—•—•—

皇后伊絲勒 是薩瑟瑞人代代相傳的傳說故事。根據史書紀載，遠在大陸浮空前數千年，一名薩瑟瑞女子被異邦國王選為皇后，得知其大臣意圖殺害王國境內的族人，與養父靠著智慧與謀略，拯救同胞免於被屠殺的命運。人們為了紀念皇后的事蹟，制定名為「普爾節」的慶典，讓後人把故事傳頌下去。

六聖王都 浮空大陸上六個最強盛的帝國。憑藉經濟量體與軍事力量，迫使鄰近小國歸入自己的勢力範圍，它們又互相結盟，成為統治範圍極廣的聯盟體系。「聖會廳」是其中的政教機關，引領人們皈依錫安信仰，以及傳遞祭司廳大先知的意旨。席爾薇王國的宗主國「史坦肯廷」便是王都之一。

第 9 節　蘭特羅森林的瘋火

席爾邦境內有個默默無名的小村莊，它的人口稀少，隱藏在某個山腳邊，經常被整個王國遺忘似的，連繪製地圖的製圖師都常忘了把它標在地圖上。不過每年收稅時，稅金部仍記得找上門。

這村莊名叫「布列維斯」。它原本是座小鎮，三、四十年前煤礦工會為了開採煤礦，挹注資金所建立的。十幾年過去，煤礦開採完畢，煤礦工會撤出小鎮，幹部與有錢人也跟著離開了，留下離不開或捨不得離開的鐵匠、木工、礦工、酒保、果農、牧人以及他們的子嗣，也就成了這裡「真正的居民」。

村裡某棟房舍中，有間隱密的房間。沒有窗戶也沒有點燈，使它漆黑得不像話，若不是早先知道，連裡頭正躺了一個人都不會發現。

一名男子揙開房門，外頭的光線隨著門板開展，宛如幫地板鋪上一條發光的地毯。

「老大，『莫迪凱』他們到了。」

這位被稱做老大的人，慢條斯理從枕頭堆中起身，走過一旁的桌子時，順手托起留聲機的針頭，並用頭巾將頭髮全部包覆起來，越過門楣的同時繫緊綁結，現身在由幾盞油燈維持照明的廳室——

她就是普爾節的首腦「伊絲勒」，穿著深色的上衣、長褲以及皮長靴，腰上佩掛幾副必要的皮袋、匕首、火槍。沒有多餘的花俏裝飾與物件，完完全全就是為了靈活而裝束。

伊絲勒走向廳室中央的大桌子，在數十位個頭都比她高大的男人面前，她的氣勢非但沒有被壓制，反而隨著一步步接近桌子，渾然天成的氣魄已令幾位男人倒抽口氣。

「你們還是堅持要幹這一票？」她向桌子對面的莫迪凱問道。

「莫迪凱」跟「伊絲勒」一樣，都是團中的頭銜代稱。莫迪凱相當於副團長，他的體格與身旁幾名弟兄沒差多少，身上的裝備倒是多了些，如胸甲、肩甲、短劍、手斧、火槍等等。

「沒有錯。」莫迪凱表態，並用責備的語氣說：「開月至今，我們也才幹一票而已，還只是個塞牙縫的小票，所以這次絕對不可以放過！」

「那票少說也有五十瑪拉克的貨款。」伊絲勒反駁。「分給村民後還足夠大家安穩過上幾週，莫非你們把錢都種進土裡了？」

聽到此話，莫迪凱的眉頭皺得更緊實，不過他沒有正面回答，反而質問說：「老大，妳在怕什麼？金銀財寶正從港口送過來，我們只需要伸手拿就好！」

伊絲勒的表情沒有被牽動一釐米，對一旁的手下說：「再唸一次給他聽。」

手下推了推眼鏡，用清晰的聲音朗誦文件內容：「商隊是『戈爾賽波商會』；申報貨品，尼達拉斯絲綢、羊皮紙、里・萊恩達奇咖啡豆、康國茶葉；領隊，『克里斯・貝瑞塔』；車輛，雙馬馬車五輛；護衛，不詳；船班，不詳；關口複檢，不詳；關口複檢員，不詳。」

伊絲勒重新與莫迪凱對上眼。「我猜，你應該是被『戈爾賽波商會』的名號吸引吧？但看看這些貨品，粗估價值不會比上次高多少。」

「而且，」一旁名叫強納森的人搶著補充：「向關口上報的貨品名稱太籠統了，不管怎麼查都查不到更詳細的複檢資料。再說，這次戈爾賽波運送的價值低得匪夷所思，低到根本不值得這個王室御用的商會來運送，擔心是——」

「你要說擔心是誘餌吧？」莫迪凱打斷強納森的話：「我倒認為是他們運了上好的東西，不然幹嘛特地任用軍部的人馬運貨？還大剌剌寫出來讓人知道，擺明就是欲蓋彌彰！」

瞄了強納森啞口又不甘心的表情，還有伊絲勒沉默的模樣，莫迪凱很得意，認為自己贏下了這牌局。「好，就算真的是誘餌好了，那也不要緊，我們又不是第一次對付這種情況，反而可以抓幾個騎士來勒贖，那個領隊好像是上尉吧，一定可以換到不錯的價格！」

「未知數太多了！」強納森大聲駁斥：「還記得前年勒贖時付上多大代價嗎？有人差點就——」

「那筆我們實際賺得更多！如果因為這樣就害怕那還當什麼盜賊，玩家家酒嗎？」

其他人見莫迪凱與強納森越吵越起勁，也紛紛表達自己的意見，有的人支持莫迪凱，有的人支持強納森，但副團長那方的人較多，聲勢幾乎壓制另一邊。

眼看開始有人出現不理性的用詞與肢體動作，伊絲勒抽出匕首，一刀貫穿桌板，只留半截刀身在桌上，震懾了所有人。

這是盜賊團中的鐵律——「刃桌」。當團員間的爭執即將失控時，現場頭銜最高的人使用單刃的武器，刃面朝向自己刺入桌面一部分，象徵領袖為自己的判斷負責，布達最後的決斷後，聽命的人將刀身全部插進桌裡，象徵完全服從。

伊絲勒將雙臂交疊在胸前，等大家的注意力從匕首回到自己身上後，才說道：「我懂了，莫迪凱，你其實也無法否認這次情報實在太少，可疑的地方也很多。再者，之前幾次誘餌商隊僱請的只是傭兵，這次卻挑明是軍方的上尉人物，作戰起來的規模應該非比尋常。即便如此仍然非常想賺這一筆，你有準備好承擔最壞的打算嗎？」

「不然這樣，」莫迪凱張開雙臂，手心朝上掃過桌前所有人。「在場所有小隊長，願意參與這次行動的請舉手，如果任務失敗，必須共同負起照顧傷亡者的責任，不願意參與的小隊長不用負任何責任，只需要任務期間在後方輔助作戰即可，怎麼樣？」

莫迪凱說完，約有七成的小隊長舉起手，跟剛才爭論時「主戰派」的聲量差不多。看看那些舉手的小隊長，各個炯炯有神，彷彿這是值得他們貢獻生命的最後戰役似的。

伊絲勒仰起頭閉上眼睛，眉頭也緊縮了一下。領導這支盜賊團已有四年了，剛開始都還算單純，團員們彼此信賴，對她的決斷都義無反顧，隨著行動捷報連連，小鎮也如起死回生般，人們開始對生活有不同的憧憬。直到一年前讓現任的莫迪凱加入，不僅帶來一群跟他一樣貪婪的人，還將那股氣氛渲染到團隊之中。

她沒有維持這顯露無奈的舉動太久，瞅著莫迪凱的眼睛說：「好，只要你能遵守『行動綱領』，我就同意你們去。不然，這一刀由你承擔。」

團長定下的綱領是：對敵只擄不殺、全身而退為第一考量、不拋棄任何同伴。

「沒問題！」莫迪凱終於心滿意足，一拳將匕首捶進桌板，隨後帶著他的支持者們離開，拋下伊絲勒與幾位小隊長，以及變得寬敞的廳室。

留下來的成員都是立場較親團長的，見「政敵」一副勝利之姿，不快的心情全掛在臉上。伊絲勒淡然安撫他們，接著為每個小隊安排作戰時的後援任務，沒什麼事的人就一一離開了，最後只剩下強納森還沒走。

伊絲勒用手指輕輕撫過桌上無數條刀痕，不禁呢喃：「增加的速度變快了呢。」刃桌的儀式看起來暴力又突兀，除了表明領袖的決心外，也是故意藉由這種方式讓盜賊們記得，他們的衝動為團隊徒增了多少疤痕。

強納森也看了看那些痕跡，苦笑著說：「是啊，特別是莫迪凱加入後。說起來，這應該是第一次不是由妳帶領的作戰吧，希望別出什麼大亂子。我先去忙了，回頭見。」

伊絲勒目送強納森帶上門，終於只剩下自己一個人了。站在攤滿文件資料與地圖的大桌子前，看著手邊密集又潦草的字跡，她自語道：「克里斯・貝瑞塔上尉，一個為了升官無所不用其極的軍部紅人，我終於能親自會會了嗎？」

◆◇◆

頭頂上的天空黑得像被潑了墨，找不到任何可以辨識的光體，連一點星星都沒有。

蘭特羅森林與一堵山壁緊緊相依著，土灰色的石牆就像一道圍籬，幫樹木們畫出一條無法跨越的範圍。伊絲勒的小隊隱身在峭壁中，選了個視野較好的位置當作偵查哨塔，觀察森林邊界的動靜。

一名團員從上衣的暗袋中取出一支懷錶，左晃右晃尋找任何可以看清楚錶面的可能，終於在一個距離身體較遠的地方識別出指針的角度。「老大，已經快要五點了，天上的烏雲越來越厚，應該是看不見日出了，等一下他們勢必會摸黑作戰。」

伊絲勒蹲俯在峭壁邊緣的灌木叢後方，手裡握著單筒望遠鏡，緊緊盯視野最極處。「大約三點的時候開始變天，空氣越來越潮濕，沒意外的話還得在大雨中逃跑。」

不久後，一名團員從後方快速來到伊絲勒旁邊，他說：「所有人都就定位了，前線斥候回報已經看到商隊，確認有戈爾賽波的商徽。」

這名團員的話才剛落，她也剛好發現商隊馬車上的燈火。「我看到了，吹作戰哨，各就各位。」

當目標現身之時，戰鬥已經開始了。普爾節團員們無不全神貫注，握緊自己手中的器具，斧頭、繩索、弓箭、長矛等，靜靜等待獵物到來。

此時天空開始下起滂沱大雨，正如伊絲勒預測的。斗大的雨滴打在樹梢，再落到團員們身上，沒多久濕冷與黏答答的感覺就傳遍全身。不過他們也不是第一次在雨中作戰，鬥志完全沒因此澆滅，只是有些煩躁。

伊絲勒戴上面罩，讓整張臉只露出雙眼，手上的望遠鏡沒有放下過，她透過圓形的視野盯著一切——

車隊在林中緩緩移動，燈火時而被遮蔽時而顯現，用均等的速度朝陷阱前進著。過沒多久，目標終於抵達預定的位置，頭車前方的樹木倒下，馬匹嚇得仰起前足，一伙人出現在馬車的燈火範圍內，車上的馬伕舉雙手投降，看來頭車被順利控制住了。再望向車隊的尾部，大隊人馬舉著火把靠近車廂，中段的馬車也有團員舉著武器逐步接近，看起一切都在掌握之中……嗎？

伊絲勒的腦中閃過「貝瑞塔」的名字，不祥的預感也在心門外扣出響聲。

「老大你看！」一名團員也拿著望遠鏡，指著下方的車隊興奮喊道：「馬車有六輛耶！一、二、三、四、五、六，比報告上多一輛，這票真是賺到了！」

聞言，伊絲勒旋即意識到自己犯了以前都不會犯的失誤——親眼確認情報的真偽。是因為視野不好？還是因為不是主導者而鬆懈？不管理由是什麼，壞預感正對著她的腦袋大聲疾呼——

此時，一聲巨響從林裡直衝天際，也衝進伊絲勒的鼓膜，甚至直逼心底，噩耗彷彿用了最高調的方式告訴她：「妳的預感真準。」有那麼一瞬間，她先感受到的不是恐懼，而是心痛。

車隊尾端的方位燃著猛烈大火，兩、三朵火光在林裡快速逃竄，應該是被火纏身的馬匹；附近的團員們躲的躲、逃的逃，陣型幾乎蕩然無存。仔細觀察那些旺得極其不自然的火焰，連大雨都無法阻止它耀武揚威，推測應該是摻入某種助燃物質。

緊接在爆炸聲之後的，是連綿不斷的火槍聲，聲音不大，但在雨滴聲中也足以清楚辨識出它們。從峭壁上看不清楚底下實際的戰況，只能勉強借助尾端的大火與馬車四周的燈火，發現車隊附近已經沒有人，取而代之的是幾乎把馬車淹沒的淡淡煙霧。

伊絲勒揚聲喝令：「吹撤退哨！上小摩亞去接他們！」

團員們回到後方的樹林中，熟練地跳上自己的快腿禽鳥。正當他們準備起跑時，一記清晰的槍聲從林間另一頭傳來，接著，一名團員從他的坐騎上摔落。

伊絲勒立刻掏出火槍，朝敵人的馬匹扣下扳機。「把他扶起來，其他人幫忙掩護！」

在流彈與飛矢幫岩石樹木開洞之際，兩名團員迅速將中彈的夥伴扶到另一人的小摩亞背上，其他團員剛好將弩箭都射完一輪，重新裝填箭矢的同時，用腳跟催促坐騎起跑。

伊絲勒殿後，等追兵抵達某個距離時，一刀將藏在樹幹的繩索砍斷。巨量的樹枝葉子驟然砸下，擋住敵人追擊的路線，幾匹馬更直接帶著人撞進去。

團長快鞭回到領頭的位置。小摩亞粗壯的腳爪在地面踏出一掌又一掌的泥爪印，雨的帷幕不斷迎面撞來，刺痛的感覺宛如被千萬根針扎著，讓眼睛幾乎無法睜開。

前方路況模糊不清，身後是全副武裝的追兵，右邊有一堵高聳的山壁，左邊為一百五十公尺高的斷崖，下面鋪滿樹海。在僅能向前跑的情況下，狀況著實糟得無以復加。

幸運的是，太陽已經從雲後漸漸升起，天色終於稍微亮了一點，讓人類的眼睛也能清楚辨識景物，不過這也代表，雙方隔空的交戰將越來越得心應手——

「老大！五點鐘！」一名位於後方的團員喊道。

伊絲勒應聲回頭，右眼從眼角瞄向團員警示的方位，對焦的同時，敵人已經扣下弩槍的扳機。一道冷光在空中飛掣而來，伊絲勒瞬間抽出匕首，讓箭矢彈到夜空。

雙方十幾組人馬互別苗頭，把身上能投的、能丟的、能射的全都用上了，同時使出渾身解數破解對方的招式，身體左扭右閃、用刀劍格擋箭矢、讓小摩亞蹬上山壁再跳下來。到目前為止，還沒有人中箭摔在半路上，折斷箭身讓箭頭留在身體裡的倒是有幾位。

伊絲勒不只專注前方路況，還不時回頭確認團員們的安危。見殿後的團員越過了一個只有他們才知道的「記號」，她向附近幾個人使個眼色，他們從各自坐騎的背包中取出一個包裹炸藥，點燃藏在裡頭的引線，一起扔向一堵山壁邊。

當最後一隻小摩亞踏出波及範圍，炸藥如期引爆，那面曾被盜賊團加工過的山壁應聲坍塌，大量砂石腐木傾瀉而出，在追兵面前堆成可觀的垃圾山。

時機、火力、敵方的距離，甚至造成的效果，全都在她的計算之中。剛才一起丟炸藥的團員不禁讚嘆：「居然真的成功了，跟計劃一模一樣，明明都沒練習過！」

伊絲勒只是撇點嘴角，讓對方知道自己收下讚美，接著提醒道：「只是稍微牽制而已，要慶祝等成功炸橋之後吧。」

他們腳下這條路，是以前人們為了礦場所開闢出來的山路，寬度足夠讓大型的獸力拖車通過。隨著礦場開採殆盡，道路也長起雜草，近年最常使用它的人大概就是普爾節了，幾乎變成他們的專用道路。為了在各種突發狀況中把團員帶回家，團長早已經準備各種陷阱，諸如剛才的土石堤壩，以及即將抵達的「橋」。

突然間，一名團員指著山壁驚呼：「我的天啊，那是什麼東西！」

「你也發現了嗎？什麼鬼東西跑得那麼快，還以為自己看錯了呢！」另一名團員立刻附和，附近的團員聽到，連忙追問發生什麼事，怕是後面的敵人又準備了什麼秘密武器。

「不會是魔獸吧！」、「很有可能，身形不像小摩亞，卻比小摩亞還靈活！」他們議論著。

伊絲勒聽了他們的對話，也往山壁上看去，緊盯一陣後，還真的看到一個快速移動的身影。她立刻用火槍瞄準它，兩秒後判斷距離太遠、遮蔽物過多而作罷，對附近的團員說：「不管那是什麼，如果它現身，能逃多快就逃多快，必要時炸藥可以用在它身上。」

團員們點點頭，就算不這麼說，她也不相信有誰敢挑戰一個跑得跟小摩亞一樣快的傢伙。好在只要繞過前面那個彎，「橋」就在眼前了，就算那傢伙要做什麼都為時已晚。

普爾節計劃中的「橋」，是一座約五十公尺的石橋，連結被河谷截斷的山壁兩端。它本來就是為了讓載運礦石的獸力車通過而建造，所以非常堅固，只是不知道扛不扛得住橋中間的六百磅炸藥。

「老大！橋上有個人，哦不，我們的斥侯倒在地上！」一名團員驚呼。

伊絲勒沒有作聲，因為打從過彎開始，她的雙眼早就直勾勾盯著那個人。

—•—•—

▬小摩亞▬一種大型禽鳥，不會飛行，但善於在陸地奔跑。儘管負重能力不強，但揹一、兩個成年人的重量是綽綽有餘，因此許多短程旅行的人會選擇利用牠代步，更是遊俠、盜賊在山林間穿梭的好夥伴。

第10節　一道山谷的距離

隨著雨勢趨緩，距離逐漸縮短，敵人的特徵也越來越具體。魁梧的他站在戰馬前，拄著粗大的長槍，頭戴露臉的頭盔，身上的鎧甲攀滿金色且浮誇的雕飾。不出所料，就是克里斯・貝瑞塔上尉，腳邊趴著一名渾身是血的團員。

那傢伙隻身一人站在路中間，一手插著腰，另一手握長槍，槍柄尾端抵在地上，站姿跟城門口的衛兵一模一樣。若不是橋的彼端設有伏兵的謀士，就是對自己異常自負的莽夫。伊絲勒猜是後者，因為大臣在八卦時有提到。

他見盜賊團就快靠近，便用冰冷的大鐵靴狠狠踩住斥侯的腳踝，任憑對方如何哀嚎也沒有向下瞄一眼。槍頭逕自對準腳下的可憐蟲，目光一直盯著迎面趕來的伊絲勒與其他團員，似乎想讓他們看見夥伴被貫穿的瞬間。

正當克里斯提起長槍要下手時，伊絲勒扣下扳機，彈丸命中沒有鎧甲包覆的手腕，衝擊力帶著鎖子甲往皮肉內壓迫，痛得對方差點甩開長槍。

其他團員的「飛箭雨」隨後跟上，克里斯立刻用另一手的臂甲護住外露的臉部，及時擋住一、兩支準度還不錯的箭矢，剩下的就讓它們在身體其他部位叮出微不足道的響聲。

等這波攻擊一過，上尉立刻將長槍引到身後，準備把頭幾隻小摩亞掃下峽谷。然而，他才剛把帥氣的架式做到位，伊絲勒已經把火槍扔過去，不偏不倚砸在鼻樑上。克里斯痛得摀起顏面哀嚎。趁這空檔，伊絲勒命令其他團員繼續衝刺，自己則跳下坐騎，要去救那名斥侯。

然而敵人卻在痛楚中跨出前足，完成標準弓箭步的同時，手臂帶動長槍，承載殺意的槍頭貫穿一名團員的小摩亞，直抵騎師的手臂——

小摩亞與騎師雙雙慘叫，人摔到地面，小摩亞則在槍桿上瀕死掙扎，隨後被恢復狀態的克里斯甩下峽谷。

部分團員見狀，立刻調頭回來，其中一人馭使小摩亞用鳥爪抓住槍桿，讓其他人對付克里斯，並幫著團長一起攙扶兩名傷員。

而克里斯果然不是簡單的人物，憑藉怪力就將牽制自己的團員全都掃到一邊，隨即對伊絲勒揮出一記斬擊，將她的小摩亞開腸剖肚——若不是她及時把斥侯按回地上，兩人的下場就跟那隻坐騎一樣了。

「久仰大名了，伊絲勒團長，妳的命我要了！」上尉抽回武器，準備再次發起攻勢。

伊絲勒直直衝向克里斯，在長槍的招呼下，滑過對方的兩腿之間，接著從背部爬上肩膀，用四肢纏住敵人的頸部與頭盔。

「計劃沒變，快動手！」團長喝令著，同時極力閃躲不斷伸來的鐵手。

團員們聽命，立刻帶上受傷的同伴就往橋的另一頭直奔，幾隻小摩亞還故意衝撞克里斯的槍桿或是肩膀，幫團長爭取一點時間。當最後一名騎師掠過克里斯時，順勢拉住伊絲勒的手，將她從壯漢的身上接過去。

怎料克里斯像背後長眼睛，猛然抓住伊絲勒的腳踝，將她從團員手中扯下來，接著像扔沙包一樣，要將她摔回橋頭——

霎時，山壁上飛出一團黑影，硬生生砸進克里斯的胸膛，使胸甲發出跟鐘一樣的巨響。

衝擊力之猛烈，上尉的身體幾近騰空，要倒不倒地向後踉蹌了好幾步。伊絲勒看準時機，用另一隻腳踢開抓腳踝的手指，成功擺脫束縛，著地後翻滾一圈化險為夷。

她瞅一眼那隻救了自己的「怪物」。它正蹲俯在尚未回神的敵人面前，大口大口喘著氣，非常疲累的樣子；它的身形略顯嬌小，頭部被兜帽遮蔽著，一頂溼透的大草帽披掛在背上，手裡握著長長的武器。

見上尉還在左右甩頭，試圖幫自己振作，而騎士團的追兵已經出現在道路盡頭。伊絲勒趕緊跑到小摩亞的屍體邊，從背包中翻出兩個包裹，準備執行下一步計劃。

克里斯敲了敲腦袋，瞳孔終於能聚焦。見面前的不速之客暫時沒有繼續攻擊的意思，便小心翼翼將地上的長槍拾回手中。「這傢伙也是你們的同伴嗎？強大得不可思議，難怪之前沒有人能戰勝你們。」

伊絲勒沒搭話，自顧自從其中一個包裹中取出兩支瓶子，扭開其中一瓶的軟木塞，將一根火柴點燃並投進去，接著把它們扔到橋頭前的路上。

瓶子應聲爆裂，裡頭的液體化作熊熊烈火，並乘著路面的積水，火勢快速蔓延開來，築起一道炙熱的火牆，將好不容易趕來的追兵阻擋在對面。

克里斯從火光的縫隙中，看見部下們慌忙拉扯韁繩，使勁讓嚇壞的小摩亞跟馬匹安分下來。他忍不住莞爾，就像下棋時看見傑出的一手，而打從心底尊敬對手那般。

「我們可真像呢，為了戰鬥不擇手段，那是『聖樹脂』吧，價值連城的異邦燃料。」他說道。

「別誤會了，我只用在岩石路上，不像某人用在森林裡。」伊絲勒刻意擠壓聲線，拎起另一個包裹，同樣在裡頭做著點火的動作。

「那是炸藥包吧？內燃式的設計真聰明呢，雨天也不怕點不起來。怎麼？要用那個跟我同歸於盡嗎？」他似乎對自己的觀察力相當自豪。

「這次你說對了一半，這是炸藥沒錯，但跟你一起死可就太糟蹋生命了。」說完，伊絲勒使勁將包裹拋到空中，被不遠處待命的團員接住。

那人抓著包裹就往橋的另一頭衝，上尉驚覺不對勁，眼睛趕緊跟上去，在朦朧的視野下，認出橋面上有些東西——

「是、是一堆炸藥包！你們打算把這座橋炸掉？」克里斯驚呼。

那些爆裂物是先行過橋的團員們留下的，就等團長的炸藥包幫它們完成最後的使命。

「我不會讓你們得逞！」克里斯反握長槍，槍身架在耳邊、槍頭對準團員的背影，準備把敵人連同坐騎一起射穿。

於此同時，伊絲勒已經捏起匕首的刀刃，準備偷襲克里斯，卻在剎那間，腦袋蒙上一片空白；不是眼睛看不見，恰恰相反，團員將死，使她的神經繃到極致，克里斯的動作在眼裡慢得像蝸牛，足夠把那幢擲槍的身姿從頭到腳掃過好幾遍，卻找不到任何有效的目標——

突然間，上尉的身軀猛然後仰，兩腿一前一後劈開，胯下幾乎要平貼在地。

「好痛啊！」他往側邊臥倒的同時，兩手捏著鼠蹊部。

伊絲勒被那戲劇化的發展驚豔，卻搞不清楚發生了什麼事。隨後瞧見「怪物」從蹲姿變成坐姿，以及擱在身旁的勾狀武器，這就看明白了——那人用全身的力氣扯了克里斯的後腳踝。

雖然不知道對方為什麼要幫助自己，但多虧這招，讓那名團員能順利完成任務，把炸藥包留在橋中間。眼看計劃即將成真，伊絲勒趕緊回到小摩亞的屍體旁，在背包內找鉤爪繩。

「天殺的！」克里斯連滾帶爬，試圖遠離炸藥堆。

橋面的炸藥包一起引爆，觸發了橋內的火藥，威力貫入橋底的炸藥，一頭火紅色的巨獸自石磚中誕生了，綻放出刺眼的強光，也擊飛大量石塊，宏偉的石橋驟然崩落——

巨大火球吹出地獄般的熱浪，粗暴地撲向石橋兩側的生靈，人們不得不將臉埋進手臂裡。

騎士面前的火牆被吹散，噴濺出更旺盛的火勢，他們的坐騎嚇得四處衝撞，甚至把人甩下鞍座，跑到橋上亂竄。

伊絲勒趁著一團混亂，兩手各抓一副鉤爪繩，靈巧躲過幾隻失控的馬蹄，蹬上橋肩的牆垣，直接往峽谷裡跳。凌空之際，利用鉤爪抓住山壁上的樹幹，將自己盪進峽谷的深處。

當她擺盪到一定高度，準備放開第一條繩索，拋出第二條鉤爪時，克里斯已經從部下的手中奪來一把弩槍，在瞻孔中預判她擺盪的路徑——

「願河水悼念妳！」

扣下扳機的瞬間，那「怪物」揍了上尉一下，使箭道偏離數公分。箭矢沒射中伊絲勒，卻擊落了半空中的鉤爪，擺盪的力量緊接著消逝，她的身體立刻被扯向深淵。

這是伊絲勒萬萬沒料想到的劇本，或說，如果連夜色中的飛索都能被破解，那還不如坦然接受命運——

「門都沒有！」不知哪來的勇氣幫她暫時摺倒了恐懼，雙手迅速把鐵鉤拉回來，然後甩向一旁呼嘯而過的樹幹。

但是下墜速度實在太快，鉤子不是勾不住就是拉斷目標，最後繩索還不小心從手中滑脫。

就算招數盡失她也不放棄，死命往四周的樹枝伸手，即使已經一連拉斷兩、三根樹枝也沒關係，只要能削弱墜落速度，能抓什麼是什麼——

慌亂中，手好像成功搆著什麼，身體終於停止下墜。但一股劇痛瞬間從手臂竄進腦袋，痛得她大聲嚎叫，眼淚也幾乎要飆出來。她緊咬牙關，撐過最強烈的那一波痛楚，要不是平時把身體練得夠結實，那股力道應該會讓肩膀瞬間脫臼。

等痛覺稍微和緩下來，才抬頭確認自己究竟抓到了什麼。赫然發現，不是她抓住什麼，而是某人抓住了她，並用彎曲的木杖穩穩勾著樹幹。

此時，天邊的太陽終於從烏雲後方冒出頭，雨勢也變得輕柔又細小，溫暖的曙光灑落峽谷，照亮那隻手的主人——

是個女孩，雙眼下緣有著兩抹極深的黑眼圈，溼透的紅頭髮束成條狀，從頭頂披散到肩膀，喘氣聲不斷舒出。

「終於救到妳了，我真的沒力氣了……」女孩擠出狼狽的笑容。

「妳——」伊絲勒認出對方就是重創克里斯的那個人。居然瞬間從橋那邊飛過來抓住她，真懷疑這傢伙到底是不是人類——

這時樹幹又斷了，兩人繼續墜落。她們接連撞上幾根樹幹、長滿葉子的樹梢，最後摔進斜坡上的灌木叢，跌撞幾圈後，雙雙滾到滿是鵝卵石的河床上。

擺脫慣性力的瞬間，她立穩高跪姿，反手拔出匕首，朝「救命恩人」的臂膀劃過去——對方看似救了自己，但在不知道對方是誰、有什麼動機、本領又堪比怪物的情況下，先下手為強才是最合理的選擇！

然而這怪物就算晚了半拍，還是用木杖接住刀子，更惱人的是，女孩的頭連抬都沒抬起來，並且平舉著右手，比出請求停手的手勢。

兩人保持這姿勢好一段時間，任憑細雨飄落在身上，靜靜聆聽一旁湍急的流水聲，以及雙方徐徐吐出的氣息。

伊絲勒冷靜下來後，旋即發現這人的指縫間纏繞著一枚眼熟的項墜。「這是誰給妳的，妳到底是誰？」

「我是科洛波爾商會的亞拿。」女孩稍微把頭抬起來。「接受某人的委託，要我來找普爾節的伊絲勒，並且跟她一起平安回到席爾薇城。我從遠處觀察，猜想妳應該就是盜賊們的首領，請問我猜對了嗎？」

伊絲勒看著這個帶有異邦口音的人，再瞄向她手中的項墜，隨後慢慢收回匕首。

「是的，我是。」

「太好了，真是累死我了……」亞拿的身體瞬間癱軟，屁股跌坐在小腿之間，就像布娃娃沒了棉花。

伊絲勒起身，取下口鼻上的面罩，扯開包頭巾的同時將金色長髮左右搖擺，接著像擰毛巾一樣，幫頭髮擠出一大把水花。

無意間，她發現亞拿看自己的眼神，圓圓大大呆呆的，彷彿被名家筆下的畫迷住一般。「怎麼了，我臉上有東西嗎？」

「沒、沒事……」亞拿趕緊起身，然後拍掉裙襬上的樹葉。

伊絲勒取過項墜，問亞拿知不知道這東西的來歷，不意外換來一陣搖頭。她端詳手心中閃閃發光的寶石，接著收進暗袋裡。「好我明白了，亞拿。我得先與團員們會合，妳跟我一起來吧，順利的話一天內我就會回城。」

「好，我跟妳去！」亞拿雀躍著，就像小貓被賞一條小魚乾。

伊絲勒見女孩流露真誠的一面，腦中有個朦朧的形象一閃而過。她趕緊背對亞拿，這樣才能偷偷地彎起嘴角。

體力稍微恢復後，伊絲勒往峽谷更深處走去。亞拿從後頭呼喚她，指向斷橋的方向說：「那個……森林在那邊哦。」

「我知道。那些騎士很快就會到這找我的屍首，所以我得迴避一下，順便找個地方整頓狀態。」伊絲勒用包頭巾擦拭著臉跟頸。

亞拿聞言，雖然有些困惑，還是順從地跟上腳步。

第11節　壞人

峽谷的山壁上，一隻雄鷹振翅躍下谷底，駕馭著氣流滑翔，越過焦黑的斷橋，進入森林上空，牠再搧兩下羽翼，上騰至勝天的高度——

一名男子在林中穿梭著，身後揹著一把從騎士那裡奪來的佩劍。他刻意在灌木叢間與樹木枝葉之下移動，同時觀察著四面八方的動靜，避免被任何人發現。

一段時間後，他發現一灘血跡，顏色很飽滿，像是剛流出來的。目光再放遠一點，又看到另一灘血跡，順著預感望去，遠處又是一灘。

他沿著血痕跟上去，越過一堵樹叢後，便聽到某人滿懷恨意的咒罵聲：「該死，等我回去，一定要痛扁那該死的婊子一頓，再把她壓在——」

話還沒說完，那人很快就察覺他靠近，機警地抽出小刀對準腳步聲的方位，發現是認識的人，才收起驚恐的神情，武器隨之放下。「原來是強納森啊。」

強納森踏出陰影處，真面目現身於陽光之下，態度冷然。「索烏。」

「要叫副團長，唉算了隨便，快來幫我一把。」索烏——莫迪凱——向強納森伸長手臂，示意扶他起來。

強納森沒有回應對方的請求，只是慢慢挪動腳步，走到一處空地上，從那個角度朝天邊望過去的話，兩人都可以在兩棵樹梢間看見山壁上的斷橋。「看來老大他們順利把橋炸了，應該已經成功逃脫了。」

「誰管那婊子？」索烏不屑地說著，並用拳頭在泥土上留下一顆拳印。「今天會變成這樣都是她害的！」

「她？」強納森微微皺起眉頭。

「沒有錯，就是她！」索烏自己使勁坐起來，並挪移身子，讓背靠在樹墩上，待疼痛的表情稍微獲得放鬆後，繼續說道：「要不是她在會議上表現出反對的態度，團員們幹起事來也不會那麼窩囊，更不用說她……還有你們！如果你們也願意一起參與行動的話……」

「你們聽她的話不就什麼事都沒有了？」強納森冷冷回道。

聽此，索烏咬著牙，指著強納森的鼻子咆嘯：「少跟那丫頭一樣自以為是！怎麼可能不行動？銅月結束就要收稅了，你知道鎮裡的人壓力有多大嗎？」

「銅月還有兩週，你們在急什麼？」

「她專挑特定的商隊搶的作法是錯的！搶到的貨款分給其他村子也是錯的，她要玩那種高尚的義賊遊戲就去別的村子玩，別找我們這種窮光蛋玩！我們要回到以前想搶誰就搶誰的日子，搶到的錢還要自己花！」說話的同時，索烏還不斷捶打腳旁的樹根，深怕別人不知道他有多憤怒、說的話有多正確似的。

「那就怪了，我記得去年繳稅後，你跟幾個親近的團員幫自己家添了不少新玩意，不要的家當把廢棄場堆得滿滿的，燒了兩天才燒完。」強納森停頓一會，微微揚起下巴，眼神也變得格外銳利。「以前你們有那麼闊綽過嗎？」

索烏發現強納森看自己的眼神甚是輕蔑，他愣了一會，隨後低下頭，肩膀伴隨他那哽在喉嚨的笑聲輕輕震抖著，當他再度把頭抬起來時，臉上帶著一張猥瑣的表情——嘴角上揚、牙齒外露、雙眼瞇得像一輪弦月。

「哈哈哈……我懂了我懂了，哈巴狗，愛上你主子啦？想必她的床很香吧？」那張令人不甚舒服的笑容，彷彿正在告訴對方，他恨不得馬上讓你看看他腦中正構築著什麼齷齪的劇情。

儘管強納森的五官沒有太多起伏，但拳頭上的青筋卻藏不了。對於一個年過四十近

五十、已有家庭的男人而言，那句話著實是對他人格莫大的侮辱。

這些年他並不是不知道有人在背後耳語，類似的指控也不是第一次聽說，過去可以姑且當作「誤會」或「說者無意」，但今天是親耳從副團長的口裡聽到的，那就不一樣了。

索烏繼續說道：「怪不得啊！常常寵著她，她說什麼都『是是是好好好』，該不會，你跟她在床上時也是這樣懦弱吧？」

這時強納森意識到手不小心握得太緊了，稍微放鬆一點，並調整說話的語氣，免得對方以為激怒自己就是贏了。「以結果來說，她做的許多決定都是正確的，大家的生活也變得比以前好，不再渾渾噩噩……哦不對，不是所有人，你前幾天又把錢賭光了對吧？」

「住口！」索烏往強納森扔出一顆石頭，只是扔得不準，從強納森的耳邊飛過，用更大的聲音怒吼：「醒醒吧！她只不過是個來路不明的外人！在我們這白吃白住一陣子後就搞出盜賊團當起老大，只不過有點本事就自以為了不起！」

「所以你拉攏了七成的團員跟她作對？」

「我只幫他們說出心聲！他們都跟你一個樣，我真搞不懂你們幹嘛那麼怕她，唯唯諾諾的模樣真讓我想吐！」索烏扮起嘔吐的表情。「搞清楚！村子是靠我們自己的雙手建立的，而不是一個時而出現時而不出現、擺出不可一世嘴臉的賤人！」

強納森撇過頭，他再也無法直視索烏的臉。「說穿了你們只是越來越貪婪而已，她的計劃沒有失敗過，就算賺的不算太多，也不至於落得今天這種下場，你可知道今天死了多少夥伴？」

「強納森我去你的！我懶得跟你辯論，等我回去再好好教訓你！」

此時，強納森的臉沒有回到正面，目光卻回到索烏身上。任誰看到那眼神，寒顫都會從後頸涼到尾椎，若真要比擬的話，看隻待宰的牲畜大概就是那種眼神。

強納森快步走向索烏，並從身後拔出佩劍，淡淡說道：「不必了，這裡就是你最後的床榻。」

索烏見狀，趕緊抽出小刀，但才剛舉到身前就被強納森一腳踢飛。

「等等！強納森，別這樣！」

「永別了，索烏。」

鳥兒衝出樹冠，鳴叫與翅膀拍打的聲音在樹梢間交雜著——

◆◇◆

天上的烏雲還沒完全散去，峽谷裡背光的那側暗得跟黑夜沒有區別，這對需要隱蔽行蹤的人而言是再好不過。

亞拿獨自潛行在樹叢與灌木之間，並且留意山壁上有沒有探頭探腦的騎士。一小時前還有發現幾隊人馬，現在抬頭看見的，不是樹木岩石就是飛鳥浮雲。

看了看懷錶，時間是上午十點多。她的身體非常非常疲憊，只要一個閃神，意識就會飄到天邊去，接著眼球往上翻、眼皮掉下來……她趕緊用力甩頭，再敲敲自己的腦袋，把睡意趕得遠一些。

她跑了整夜的路，抵達森林邊界時還來不及休息，就發現在山壁上追逐的人馬。體力透支的她為了立刻動身，果斷吞下幾顆傭兵愛吃的興奮劑——「參孫之毛」。身體瞬間恢復到鼎盛狀態，甚至多了一堆不屬於自己的精力。

最後人是救到了，但它的副作用也找上門——

除了留意人影之外，她還要找適合生火的樹枝。說真的，這難度比找強盜頭目還高，因為清晨那場雨實在太大了，不管上方有多少樹葉遮蔽，雨水還是讓每一根柴薪都像泡過水一樣。

對植物來說或許是甘霖，但對兩個全身衣服完全濕透、快要失溫的人來說，實在太殘酷了，幾小時前蒐集的柴火不知道還能燒多久。

約莫過了半小時，亞拿終於找到數十根勉強合格的樹枝，用木杖的揹繩將它們捆好，攬在胳臂裡準備踏上歸途。

沿著山壁走一小段路，來到一堵半層樓高的樹叢前。她先用手裡那捆樹枝往樹叢裡捅，發現是卡住的，再往左邊修正一下，一番嘗試後，終於找到稍早伊絲勒帶她走過的路線。

手腳並用將通道撐開一點，再使勁把身體往樹叢裡塞，手臂跟腳踝都被樹枝劃了幾條，裙襬還被勾破一小角，終於成功穿過樹牆，抵達一座石洞前面。

「我回來了……」亞拿抱著樹枝倒在洞口，如果可以這樣毫無顧忌的就地睡一覺，她會很感激的，可惜現在不是時候——

冥冥之間，樹枝被火燒的劈啪聲在耳邊徘徊，而且越來越清晰。她立刻從地上彈起來，發現火堆燒得正旺著，團長濕透的裝束用廢木材簡單吊掛在一旁，而她的木杖也變成衣架的一部分。

「咦，我睡著了嗎？」亞拿驚呼。

「是呀，睡得跟豬仔一樣。」伊絲勒淡淡回道。她的身上只剩最裡層的衣物，即使如此卻沒有一點害臊的感覺，而是靜靜坐在火堆旁的岩石上。一手拖著下巴，另一手拿著一塊小石頭，全神貫注盯著用沙土畫的棋盤，以及其他當棋子的替代品。

對方看起來比威廉高一點，而在長腿與蠻腰的襯托下，又顯得更加高挑了。這女人從頭到腳散發著優雅過頭的氣質，如果換下盜賊的行頭穿上晚禮服，說是從宮殿走出來的女王她都會相信。

亞拿也注意到營火猛烈得非比尋常，應該是用上聖樹脂吧，在橋上時就見識團長用過。

一般而言，那玩意兒沒那麼好取得的，循正規管道的話，小小一瓶就要價四瑪拉克左右，銅月應該有機會殺價。去黑市買的話又會便宜，不過需要有熟客引路就是了。

亞拿也幫斗篷找個位置晾好，隨後從背包裡取出一份變成濕食的乾糧。她用叉子固定一塊，懸在火堆上晃一晃，讓水分蒸發在空氣中，還順便飄出淡淡的香氣。

看食物的色澤好多了，亞拿滿意地莞爾，正準備大口享用時，無意間瞄到坐在火堆另一頭的伊絲勒。對方沒有覬覦她的食物，而是非常專注於地上的玩具。看著那堅毅的身影，不知為什麼，恰好與心底一段記憶的某個人重合了——

團長的靈魂有很多種顏色，就像把各種顏料倒進同一個杯子，卻又沒有彼此混濁，更沒有誰比誰更顯眼，互不干涉地優游著。混亂得非常美麗，跟拉比非常相像，不過拉比的紅色大片多了。

亞拿蹦跳兩下蹲到伊絲勒身旁，將叉子舉到對方拿得到的距離。「要不要吃午餐？我在城裡買的。」

伊絲勒看了看那塊冒著輕薄白煙的食物，便將亞拿的手連同叉子一起握住，施予一點力道，把乾糧堵回她的嘴前，要她自己先吃的意思。

「薩瑟瑞女孩兒，妳幾歲呢？」團長問道。

亞拿咀嚼著食物，上挑眼眸想了一下，用勉強清晰的聲音回答：「不知道耶，夥伴們說我大概是十八、九歲左右，實際是多少從來沒有搞清楚過。我比較好奇的是，大家好像比我自己更想知道這個答案呢。」

「夥伴是指商會的人嗎？」

「不是，是孤兒院的夥伴。」說著，亞拿回到背包，又取了一塊乾糧，懸在火焰上方。或許是因為肚子終於塞了東西，心情好了，就情不自禁哼點旋律。同時，腦中逕自幻想起將遺物交給拉比的那一刻，對方揚起慈祥的笑容，並將大手伸向她的頭——乾糧冒出的白煙將亞拿帶回現實，她又將烤好的乾糧遞給團長。「妳真的不吃點東西嗎？等一下會沒有體力趕路哦。」

伊絲勒這回總算收下食物了，神情也溫柔許多。「妳叫亞拿對吧？那麼妳的『全名』是什麼？」

亞拿搔了搔後腦杓，不經意露出難色，因為對方的意思是想知道她來自哪裡、隸屬哪個邦國——一時間可考倒她了。

一般人行旅到外地，上繳入關資料時，都會在自己的名字後面加上自己家鄉的名號，例如威廉就會是：「威廉・懷赫爾・席爾薇・史坦肯廷」。然而，她不是跟在拉比屁股後面走，就是拿商會核發的通行書關關過，壓根沒留意自己體面的全名是什麼。

「不知道耶，我連姓氏都沒有，從小到大只知道自己叫亞拿，或是小安。不過我聽人說可以報上隸屬商會的名字，這樣算是全名嗎？」亞拿悠悠說著，逕自繼續弄著食物。

不過話都還沒說完，便發現伊絲勒流露出又驚又喜的情緒，這是從河邊到現在都不曾感知過的一面，不確定到底是哪一句話觸動到對方了。

「好，所以妳的全名是亞拿・科洛波爾，代表妳是逃城的人。」團長站起身，眼睛還在她的棋盤上。「那張委託書有帶在身上嗎？」

「有，不過已經泡爛了。」亞拿將那封軟爛的信紙交給伊絲勒。又補充道：「字應該都糊了吧，妳把它放在火上烤一烤，看看還能找到什麼。」她是故意這麼說的，等著捕捉對方看見「狐狸」後最真誠的反應。

團長嫌惡地捏起這條像抹布一樣的東西，翻了好幾個角度，終於找到可以將信封與信紙分開的開口。她小心翼翼攤開信紙，置於火堆前方，讓火光透到紙張正面。

半晌後，伊絲勒洋溢出靦腆的笑容。由此可以推測，她跟狐狸一定有不淺的關係，等會兒再刺探一下，或許就能知道狐狸究竟是何方神聖——

「妳有把柄在狐狸手上吧？」

亞拿把剛含進嘴裡的水噴出來，她這才意識到，自己掉入的陷阱比預期中深太多了。伊絲勒跟狐狸有關係本來就無庸置疑，只是萬萬沒想到，給對方看信就等於是把狐狸的武器轉交給伊絲勒，讓這女人也能要脅自己。

「沒、沒有呀！說什麼傻話，狐狸是誰？我哪有什麼把柄……」她趕緊撇過頭，避免跟對方對上眼，故作鎮定地繼續弄塊新的乾糧。

伊絲勒將溼答答的信紙放到亞拿頭上，嚇得女孩連忙甩頭，伸手把它扯下來。

「記得我說要先跟團員會合的事嗎？」團長回到看棋盤的位置上，說道：「行程需要稍微更改一下，在找團員之前，我們必須得去波波賽港一趟。」

「一百公里外的波波賽港！為什麼？」亞拿的聲調扯高了八度，腦中立刻回憶起這段路程多麼遙遠，同時也代表，距離得到班納巴的遺物，不明所以地徒增了雙倍以上的時間。

「為什麼?當然是為了幫妳快點完成狐狸的委託呀，讓委託人不悅可就不好了。」伊絲勒繼續擺弄她的棋子。

亞拿猛然起身，一口嗑掉那塊軟爛的乾糧，走到伊絲勒的棋盤邊。「請問，妳的意思是？」她費了一番力氣才勉強讓口氣好聽一點點，不過臉上的表情已經藏不住了。

「我的團隊遇到一些問題，必須解決它我才能放心回城。」伊絲勒將一片紅色的葉子與一顆銀色彈丸同時拿起，放到棋盤邊緣寫著「P」的格子中。「我認為，有妳幫忙的話，應該能讓事情簡單順利一點，否則我可能到銅月結束都回不去。」

聽完伊絲勒的自白，亞拿一腳毀了這盤棋，許多石子與葉子掉進火堆。見此，團長沒有多做反應，只是微微挺直腰桿，非常冷靜地看著她。

「一個接著一個……」亞拿低著頭，髮梢隨著血色的霧氣微微飄起，拳頭也浮出青筋。「要我做這個，要我做那個，都只是想利用我，就是不肯把遺物給我。好，沒關係，我可以忍，我真的可以忍，但是拉比呢？拉比還能撐多久……」

「拉比？」

亞拿抬起頭，深紅瞳孔在淚水的滋潤下尤為清澈。「妳故意仗著狐狸的委託威脅我，很高明，我認輸。但是算我求妳了，先跟我一起回城好不好？先讓狐狸把東西給我，之後要我做什麼我都——」

「恕我拒絕。」

亞拿瞬間釋放出大量血氣，紅色頭髮彷彿被血色霧氣賦予生命，在無風的洞穴裡肆意飄逸著。下一刻，她的左手掐住伊絲勒的脖子，施予足以讓人呼吸困難的力道。「那就失禮了，就算用拖的我都要帶妳回——噗哈！」

她抱著受到重擊的肚腹向後踉蹌幾步，眼前一片昏花，心跳聲在耳邊鼓鼓作響，同時感覺身體被開了大洞似的，強勁的風不斷從肚腹灌進體內。

這股衝擊感並不陌生，以前調皮搗蛋時，被哥哥姊姊教訓都是這種感覺。令她震驚的是施展的對象，以及對方周圍飄落的羽毛。

伊絲勒揍她的拳頭還舉在身前，另一手護著頸部，難受地乾咳幾聲後，苦笑著說：「好厲害……果然如那人所說，羽化跟血氣是一體兩面的，羽化越強大的人血氣起來也會很猛烈。」

「瞧妳眼眶黑成那樣，應該是太累了，所以沒有發現。」壞女人謹慎地走到空曠一點的地方。「我很久沒有釋放羽化了，技巧生疏不少，但因為妳的關係，連原本乾渴的靈魂都能輕易羽化了。所以說，『惠師』是妳擅長的『職份』之一吧。話雖如此，看妳那如鬼神的爆發力跟身體強度，『使徒』跟『信使』應該都很強。」

看著伊絲勒的靈魂展現出甦醒的樣貌，亞拿錯愕不已。妨礙她取得遺物的惡意是貨真價實的，卻能輕易釋放出羽化來對付自己，單純只是被她的「惠師職份」影響？還是對方掌握了更真確的實底？羽化的知識又是跟誰學的？

頭腦一團混亂完全無法思考，而另一個更嚴重的問題是，那惱人的疲倦感又來拉扯眼皮了——

伊絲勒慢慢走向亞拿，無暇的白色霧氣迫使她不得不退縮。「妳現在又累又憤怒，全身上下還『血流不止』，我只要保持羽化的狀態碰妳，妳的血氣就會翻攪妳自己的靈魂，多翻幾回身體就會瀕臨虛脫了，是這樣沒錯吧？」

亞拿的背貼上岩壁，已經退無可退。此時，拉比的笑顏又浮上心頭，某段記憶隨即閃過眼前，她看見自己的雙手，按照處方箋的指示將藥丸裝進藥罐裡，繫上醒目的繩結，最後放進拉比的行囊中——

想到這裡，眼淚又不由自主流下來了。血氣猛然灌進左手，灼熱的刺痛牽動著手筋，使五根指節剜進石縫裡，綻出一輪嚇人的裂痕網。

「不要去波波賽港，想想別的辦法，我會盡全力幫妳。」這是亞拿最後的請求。

「不行，一定要去波波賽港。」

亞拿甩出左手的碎石塊，趁對方下意識掩住臉部，閃身至團長身後，將其右手扭上背脊，並勒住脆弱的頸喉。

此時，脛骨傳來斷腿般的劇痛，她不禁放聲大叫。

伊絲勒趁機掙脫右手的束縛，接著扣住亞拿的後頸，再配合扎實的馬步，上半身往地面衝，使背後的人雙腳騰空——

情急之際，亞拿使勁扭腰，讓下半身帶動上半身，整個人快速迴轉一百八十度；伊絲勒及時鬆手，並且把頭從亞拿的手臂中抽出來，才免於被那股勁道甩出去。

雙方都破解了對方的招數，而亞拿的雙腳一踩到地面就往前衝刺，直接朝伊絲勒的肚子送上一掌，儘管打點不深，也夠對方喊疼了。

趁團長的身姿還沒恢復，下巴露出破綻，她立刻貼上去，拳頭蓄滿了暴力，砸向伊絲勒的臉——

拳頭沒有命中目標，亞拿整個人撲進伊絲勒的懷裡，像坨爛泥讓敵人抱著，連幫自己站好的力氣都沒有，身上的血氣也淡淡化入空氣中。

「參孫之毛」的餘勁襲來，她虛脫了，只能靠在伊絲勒的肩膀上喘氣。

團長用虛偽的手撫摸她的後腦杓。「好了——好了——沒事了，科洛波爾的女孩兒，妳只要乖乖地幫我，我們很快就能回城囉！」

她用微弱的力氣撐住眼皮，想在失去意識前，記住這個把自己耍得團團轉的壞女人。

對方得意洋洋說：「對了，忘了告訴妳，曾經有個愛笑的薩瑟瑞人，說我擅長洞悉真相、策謀略事，有『導師』的資質，妳覺得呢？」

亞拿慢慢闔上眼睛，昏睡的同時，在伊絲勒的肩膀留下一抹淚漬。

第12節　孤兒們的女王

扎實又飽滿的鐵蹄聲，隨著強勁的風嘯不斷掠過耳邊。臉頰與鼻樑有一點冷冰冰感覺，應該是被風吹撫了好一段時間的關係。

亞拿的意識慢慢被坐騎搖醒，不過眼前一片漆黑什麼都看不到，就好像有個帷幕遮在面前，想伸手揭開，才發現雙手被綁在身後。

「妳醒啦？不要亂動哦，會摔下去的。」伊絲勒的聲音從後方傳來，然後在她的頭上敲一下。「也別亂碰，會癢。」

「幹嘛矇住我的眼睛？」

「妳強得跟鬼神一樣，不先封印其中一種感官怎麼行呢？我可沒把握能再贏一次。」

這麼做的確很合理，若換作是自己，大概也會用類似的手段保護自己。亞拿長嘆口氣，事到如今也只能認命了，隨口問道：「這匹馬是哪裡來的？」

「在河邊取水時發現的，應該是假商隊的馬，戰鬥時被嚇跑的。我們很幸運吧！托牠的福，我們就快到目的地了，比預期快了半天呢！」伊絲勒得意著。

聽得出來最後那句是特別說給她聽的，心頭上的烏雲確實消散了一點。算團長聰明，沒有再說些挑釁的話，不然她的手就不客氣了。

反正都是閒著，多探點情報也不壞，如果這個壞女人知道遺物的下落就太好了。

「妳要去波波賽港做什麼，為什麼我能幫到妳？」

「當然是跟妳的商會做生意呀！全浮空世界最有權有勢的商會耶，我提議的小小合約應該就跟吃一塊蛋糕一樣吧！」

「妳是要用我去勒索贖金嗎？如果是這樣，勸妳還是打消念頭比較好，換不到一毛錢的，他們還可能把妳抓起來，然後跟騎士們交換商會利益。這樣對我們兩個都沒有好處。」亞拿沒有說謊，商會雖然什麼都不缺，但是做生意的機會永遠不嫌多。

伊絲勒哈哈大笑著，亂撥亞拿的頭髮。「妳這顆腦袋確實很值錢呢！可惜我對贖金沒興趣，我要的是能持續創造利益的東西，特別跑這一趟才有價值。」

「那就告訴我吧，妳說需要我幫忙，我總得知道妳要做什麼。」

團長想了一下後說：「我要用妳跟你們在港都的商會換一份合作合約。內容就是，讓商會去調查我需要的入關資料，等我們得手後，分一部分戰利品給商會。等於是你們出腦，我們出力，我們安全，你們也能持續獲利。如何，不錯吧？」

「無聊，這種事不需要綁我也能買到，再說，你們自己去查不就好了？還不用花這麼多錢。」

「也對，那我把妳賣到罕普羅好了，我剛好認識一個奴隸商，今晚有一艘船班。」

「妳敢！」亞拿猛然掙扎，並且釋放出大量血氣。

「哈哈哈，妳別緊張，開玩笑的啦！」壞女人安撫道：「誰想買科洛波爾的貓當奴隸呀？直接買一百個罕普羅人都比較划算，還不會亂咬人。」

「我這麼說吧，我們搶劫的目標只有貴族，那些人派出的商隊很難掌握情報，關口的資料不是造假就是加密，還有可能是偽裝成大肥羊的大野狼，就像今天這樣。之前的情報都是我們自己去港口蹲出來的，花了大量的時間跟精力，卻常常得到沒用的東西，只要未知數一多我們就不會輕易出手。這可讓一些團員不滿意了，他們越等越不耐煩，最後只想拿命去換每一次發財的機會，這行為跟賭徒沒有兩樣。所以，我要去換一個穩定的情報來源，讓那些貪心的團員心服口服，也讓其他團員安心。」

聽此，亞拿嗤笑一聲，希望壞女人有聽到。「其實，只要你們不執著搶貴族就不用這麼麻煩了，普通商隊的錢也是錢呀。」

「誰叫我跟貴族有仇呢。團員如果自作主張去攻擊普通商隊，是會被我踢出去的，我手上有人脈、資源還有頭腦，他們才不敢挑戰我的底線。但是最近副團長有點錢了，野心就開始蠢蠢欲動，再不處理的話之後會很麻煩。」

「妳跟貴族有仇？」終於被她等到可以切入的話題。「那麼，為什麼王宮的狐狸要委託我來救妳呢？還送妳一條看起來很昂貴的項鍊。他要跟妳求婚嗎？」

「有可能哦！還是妳來當我的伴娘？」

感覺得出來團長不想聊了，但話題好不容易發展到這裡，絕對要問到不能問為止。

「所以狐狸到底是誰呀？先派王宮的密使到商會，委託我們調查普爾節，然後私下拜託我來救妳，一點都不像跟妳有仇的人。」

「我怎麼知道呢，會不會是被我搶太多次就愛上我了？」團長的情緒在晃蕩，秘密快被挖出來的人多半是這種反應。

「我猜猜看，你們該不會是被家族恩怨分開的戀人吧？所以妳才仇恨貴族，一直搶他們的錢。狐狸是某個大臣的兒子？還是某個高階騎士？」

「咦？睡飽後話就變多了呢，來，吃點乾糧，別客氣快吃呀——」

「嗚不要，我不餓！不要塞我嘴巴，我不問就是了，手拿開！」

看來暫時是問不到東西了，真是個小氣的壞女人。不過觀察對方的反應後，大致可以確定的是，伊絲勒知道狐狸是誰，對貴族有仇的情緒也是真切的。因此她推測，狐狸若不是團長派去王宮的內應，就是欣賞團長義賊行為的官員。

在接下來的路程裡，她們倆都沒說什麼話，頂多關心餓不餓，要不要小解，或是那座山好漂亮——雖然亞拿看不到。

不久後，亞拿聽到馬蹄鐵以外的聲音，聽起來像是市集。伊絲勒替她取下遮眼布，然後用爽朗的語氣說道：「親愛的乘客，我們抵達波波賽港囉，席爾薇王國最大的港都！」

亞拿眨了幾下惺忪的眼睛，想像中的森林不見了，取而代之的是淹滿整座腹地廣場的帳棚海，以及零星冒出頭的貨物山，昏黃的陽光幫它們染上一層淺淺的金色。這些全是準備向都城進發的商人與貨物，開月都已經過了一週，居然還有這麼多東西等著要塞進都城。

團長綁回頭巾，並幫她割斷繩子，兩人穿過商人駐紮的廣場，來到城門下的檢察關口。伊絲勒將一張皺巴巴的文件遞給門衛，對方接下過目，先是呆愣幾秒，回神後立刻敞開柵欄恭送兩位入城，尊敬的態度只差沒行舉手禮了。

亞拿赫然發現伊絲勒遞交的是科洛波爾商會的通行書，這傢伙居然擅自拿去用，氣得她頻頻抗議，可惜只逼出一點不太正經的求饒。

從大街往海港望過去，能看見數根朦朧的巨大船桅，在房屋後方隨著風浪微微擺晃著。同時在另一側天空，一顆碩大的氣球慢慢鼓脹起來，直到周圍的繩索綳緊、拉直時，它便冉冉升空，船身也隨之浮出房頂，接著被螺旋槳推向天際。

伊絲勒發現一名販售變裝道具的商人，隨即向對方買了頂棕色假髮與一副假眼鏡。亞拿倏地想起來，自己變裝用的頭巾忘記拿出來晾乾了，還塞在背包的角落，現在一定爛得跟臭海帶一樣。

穿越過幾條街，兩人抵達科洛波爾商會的會館。亞拿向門口的接待人說了幾句行話，對方立刻引導馬匹進入卸貨區，安排一個馬房給她們，禮貌地寒暄幾句，便上樓去通知管理人了。

亞拿舒展痠痛的手臂與肩膀，接著用馬槽的水幫自己簡單打理一下，隨著髒汙離開臉頰與手臂，身心終於舒暢多了。她將毛躁的頭髮紮成馬尾，轉身看看伊絲勒準備好沒，只見一位棕髮美女，正要戴上眼鏡——

她忍不住問對方何必多此一舉，用之前盜賊團長的造型不就好了？只見伊絲勒發出苦笑，然後要求她千萬不要揭穿這個秘密。

不久後那位接待人回來了，客客氣氣領她們上樓，穿越一條陳設優雅的走廊，進到貴賓接待室，一名紳士正筆挺地站在裡頭，以最得體的笑容招呼她們。

此人就是這間商會的會長，有著亞麻色頭髮、碧藍眼睛，就跟席爾薇境內大部分的人一樣，若不是亞拿早先提過對方是薩瑟瑞人與加芙人混血，伊絲勒根本分辨不出來。正如傳聞所言，科洛波爾商會的管理職必須有薩瑟瑞血緣。

會長邀請兩人入坐，隨後自己也在側邊的沙發坐下。他的表情一直沒變過，即便是與亞拿交換眼神的時候。

亞拿先幫會長簡單介紹伊絲勒的來歷，接著讓盜賊團團長自己說出合作提議。

過程中，會長的身體靠著椅背，雙腿交疊，雙手扣在膝蓋上，維持營業用的微笑靜靜聆聽著，並且在聽到關鍵字時讓拇指指尖分開再接起來，對方就知道自己一直保持專注。

「若您同意上述的合作提議，我將支付一百六十八瑪拉克作為訂金，一年內我團搶得戰利品，貴會將分得其中兩成收益，一年後再議續約內容。」伊絲勒說完，亞拿的眼睛瞪得大大的，訝異對方居然沒有拿她當談判籌碼，而是單純憑本事的議價。

會長的笑容依舊在那，他沉思一會兒後回道：「伊絲勒團長，您所開的條件非常優渥，本會很感興趣，不過有些微小的細節，在下想特別提出與您詳議。」

伊絲勒以更明顯的笑容與眉峰，示意對方可以盡情開口。「查閱入關的複檢資料，甚至製作一份贋品都相當容易，因此訂金酌收一百瑪拉克便可。不過戰利品分潤的部分，本會希望分得三成，敢問您意下如何？」

「沒問題。」團長爽快答應，接著把頭轉向亞拿，又說道：「另外，我想追加服務，這位小姐在趕時間，想與貴會租賃一艘最快的飛船，送我們一程。」

聞言，亞拿又驚又喜，再也裝不了嚴肅的她，立刻轉向會長，投以期待的神情。

見此情景，會長終於笑出聲，有那麼一瞬間，他臉上的表情比之前的笑容還真誠。

「我們很樂意。那麼合約就成立了，本會的服務必定會令您滿意。合約與飛船將於一至兩個時辰內備妥，本會準備了一間貴賓客房，供兩位梳洗稍做休息。那麼敝人就先告退了，預祝平安。」

伊絲勒隨同會長一起離開座位，展露笑容的同時，將手伸向對方邀請握手禮。

會長看了看那隻象徵禮貌的手勢，揹在身後的手沒有應禮的意思，接著露出意味深長的微笑。「伊絲勒團長，十分抱歉，本會以博得客戶的信賴為至高原則，並且回以同等甚至更加優質的服務。沒能獲得您全然的信任，實屬本會能力不足，愧對總會長的訓誨，恕在下無法接下您的邀禮。」

看著皮笑肉不笑的兩人，亞拿感到一頭霧水，就算會長發現伊絲勒戴的是假髮，也犯不著用這種說詞揭穿對方吧？她在心裡呢喃：「交易都已經談成了，不要再節外生枝，會長你明明就知道我正背負著什麼任務……」

伊絲勒先是低下頭沉默一會兒，當她再抬起頭時，笑容更加燦爛，然後取下眼鏡並且拉下假髮，讓金色的髮浪垂落背脊——

「也是，我怎麼可能瞞得過閱人無數、消息靈通的你們呢？」團長重新向負責人伸出手。「謝謝您，吾名莎拉・伊莉莎白・席爾薇，久仰貴商會的碩業，這次合作必定會非常愉快。」

亞拿的腦袋還沒反應過來，會長已經接下莎拉的握禮。「能獲得您的青睞，是本會至高無上的榮幸，公主殿下。」

此時，莎拉的目光回到亞拿臉上，並且漾起高貴的微笑。「幸會，來自逃城的女孩，有妳在的旅程真的很有趣！」

◆◇◆

今晚的夜空也沒有月光，雲層讓天蓋之下只剩潑墨的色調。此時，一艘飛船正快速移動著，衝破一片雲霧後又浸入另一片，它的嗡嗡聲不算大，卻攪濁了航道上幽靜的氛圍——

亞拿坐在船尾最角落的木桶上，兩條毛毯包緊肩膀以下每個部位——除了那隻拄著煙管的手。她呆望著由甲板、船首、與無數條繩索交織而成的夜景，靜靜享受與風獨處的時光。

莎拉從不遠處的艦橋探出頭，並朝這裡走過來，她也用毛毯遮蓋全身，一根手指都不敢探出布料外頭。當她一踏入話語不會被螺旋槳噪音干擾的距離，就先關心道：「外面真的好冷，妳都不怕冷嗎？從上船開始就一直待在那。」

亞拿吐出煙霧。「還好，這裡有九十度。」本以為對方不會對這爛笑話有反應，沒想到對方居然彎了眼角、抿了個扁扁的嘴型。看起來不像是覺得話語本身好笑，而是又想來摸頭了，於是先發制人拋出問題：「我想了一下，妳是公主，那麼狐狸是國王嗎？」

「不是。」莎拉的靈魂沒有突兀的波動，說的應該是實話。她取下煙管，讓斗缽稍微離公主殿下遠一點。「我實在想不通，跟會長談生意的時候，妳沒有拿我當談判籌碼，還自己付一大筆訂金，所以妳根本不需要我在場不是嗎？而且都城裡也有我們的商會，為什麼一定要去港都？」

「傻孩子，你們都那樣眉來眼去了，還需要我特別提醒『人質在我手上』嗎？」莎拉也坐上一旁的木桶。「況且，入關的事當然是找港都的商會呀，找都城的，他們還不是會把工作發包到港都。再說了，妳以為包下一艘快船要多少錢？你們商會沒有收我錢耶，這不就是在暗示我，一定要幫妳完成狐狸的任務嗎！」

亞拿嘟著嘴，還是有點不服氣。都城的商會也能滿足莎拉的要求，資源甚至更豐沛，總覺得，團長去港都的決定是故意要耽誤她。

公主殿下發現她的臭臉，語氣旋即變得比談生意時還誠懇：「我坦白說吧，小安。妳的身手比妳的身分值錢數百倍，就算我有一萬瑪拉克，也沒辦法在今晚僱請到比妳還厲害的人，狐狸一定也是這麼想的，才會拜託妳來找我。所以，在我把盜賊團的事處理好之前，我一定要把妳留在身邊，如果我們先回都城，妳得償所願後想一走了之，是沒有任何人攔得住妳的。妳也算是個商人，應該很清楚口頭承諾是多麼廉價的東西吧？來，看著我的眼睛，我們的城牆對妳來說，是不是跟花圃的圍籬一樣矮？」

亞拿斜眼瞪著莎拉，徐徐呼出灰煙。雖然她在山洞裡給的承諾也是發自內心的，沒有想拐騙莎拉的意思，但是誰知道呢？當遺物到手、發現武僧、拉比遇難，答應異族公主的事還重要嗎？對方確實說對了，在東西落袋前，任何承諾都要當作不算數。大家想的果然都一樣呢。

約莫三十分鐘後，一名船員從艦橋內走出來，手裡抱著兩個大大的背包，來到兩人面前。「兩位好，再過十分鐘我們就會抵達目的地上空，請將行囊上手跟我來。」

船員帶著兩人走到甲板的護欄邊，並將降落背包遞給兩人。「現在距離地面大約七百公尺，等等聽到船長的哨聲就可以往下跳，請保持專注，不要緊張，離開船身三秒內拉下傘繩都能安全著陸。現在請容我為兩位繫妥背帶。」

正當莎拉與船員專注在降落背包的扣環時，亞拿整個人趴上護欄，將上半身探出船外，俯視下方黑漆漆的樹海。真如船員剛才預告的，航線前方已經能發現星星般的光體，為黑暗的大地點綴出突兀又顯眼的記號。

那盞亮光快速朝船體靠近，接著散成許多密密麻麻的小光點，並且越散越開，光點也越來越大、越來越亮——

「不用麻煩了，這樣比較快！」亞拿退回護欄內，扔下手中的降落背包，環抱住莎拉的腰就往船外跳。

公主的尖叫聲被纏進疾風中，變得又細又長。亞拿的內心沒有絲毫畏懼，在逆風中仍瞪大雙眼，凝視急速撲來的大地——

她用右臂將莎拉扣在肩上，左手取下木杖的同時，外溢出體表的靈魄化為千百根羽毛，在夜空中拖曳出如流星般的光痕。

當她們一衝進樹冠，亞拿伸出木杖，精準鉤住一根粗壯的枝幹，木頭交會的瞬間，靈氣從木杖竄進樹木，雙雙噴灑出巨量羽毛，同時也被注入超乎常理的韌性，彎了個微幅的弧度便消弭兩人俯衝的力量。

殘存的慣性讓木杖帶著她們迴旋一圈半，尾勁完全消失前，亞拿鬆開鉤掛，並且還給莎拉自由。

兩人被輕盈地抛向另一叢枝幹，凌空的時間相當充裕，足夠她們各自找到可以穩住身子的東西。

最後一根羽毛從指間飄去，亞拿輕輕吹出一口氣，為這魯莽的舉動劃下句點。當時她並沒想太多，只是單純想快點著陸。若問有沒有任何藉機捉弄莎拉的念頭，說沒有肯定是騙人的，不過那也頂多是附加的甜頭罷了。畢竟她自己相當清楚，如果捉弄別人是主要目的，那麼她就釋放不出羽毛，只能靠血氣勉強幫兩人留具全屍了。

當她裡外都沉靜下來後，耳邊才聽到已經呵了好一會兒的笑聲，那聲音越來越清晰，最後變成豪邁的長嘯——

亞拿滿臉困惑地看著笑開懷的團長，顯然對方並不介意被投以異樣眼光，接著張開雙臂環抱住她的頸項，臉頰還失禮地蹭過來。「妳真的好厲害哦！好好玩，有空我們再跳一次！一千公尺如何？」

不要說跳船能嚇到莎拉了，亞拿自己反倒被對方的反應嚇著。

除了拉比與尤諾之家的兄弟姊妹外，這身本領還是頭一次被外人以不帶功利的眼光欣賞著。眼裡冒算盤的神情對她而言並不陌生，特別是商會裡那些有頭有臉的人，在得知她的身手後，見到拉比就頻問委託價碼是多少。

她們所在的位置不高，距離地面大約只有兩層樓，莎拉順著樹木的結構，三、兩下就離開大樹。而亞拿當然是直接用跳的。

這棵樹附近有條光禿禿的小徑，一路延伸到村莊的大門口。

此時，路上出現兩盞光源，朝這裡慢慢晃過來。本以為是村裡的人，莎拉正要走出林地上前搭話，赫然發現他們的胸前能反射光芒，驚覺不對勁，趕緊拉著亞拿鑽進灌木叢——

兩人匍匐在地上，從枝葉間窺視慢慢靠近的身影。隨著距離逐漸縮短，對方手中的油燈揭露出更多特徵——護腕、胸甲、頭盔、佩劍。

團長不禁用氣音自語著：「是那團的騎士，他們果然追到這裡了。」

「誰叫妳笑那麼大聲。」

「我不是指那個……」

兩名騎士沿著道路邊緣遊走，並且不斷把油燈塞進樹木之間，佩劍還隨興地往矮叢裡戳。看那些舉動，顯然正在找尋剛才的笑聲來源。

眼看對方已近在咫尺，莎拉向亞拿使了個眼色，用拇指與食指依序欽點了她們自己，接著指向兩名騎士，最後以手刀在肩頸剁兩下——指令淺顯易懂，連相異文化的人都能心有靈犀。

亞拿點點頭，用拇指在喉嚨前劃一下，然後翻起白眼再吐出舌頭——成功換到團長一記敲頭。

就在她們打鬧的時候，兩名騎士突然被人拉進前方樹叢，緊接在後的就是一陣被刻意壓下聲音的扭打，與被及時制止的呼救聲。騷動很快就結束，莎拉似乎已經搞懂發生了什麼事，大方地從樹叢中探出頭。

「老大，我們剛好在附近，聽到妳的笑聲就過來看看，還能見到妳真是太好了。」一名盜賊裝扮的人現身。

「把他們綁起來，我們先退到森林裡再說。」伊絲勒命令道。

亞拿也從地上爬起來，在有限的視野中發現為數不少身影，全都對團長說的話有相應動作。他們的靈魂參雜著徬徨、恐懼與憤怒等情緒，但有趣的是，只要聽到團長開口說話或伸出指揮的手勢，甚至只是對其瞄上一眼，不安的情緒就會大幅舒緩。

一行人連同那兩個倒楣的騎士往森林深處移動，抵達一處可容納二、三十人的空地，樹根邊剛好長著零星螢光菇，用來辨識彼此綽綽有餘。

伊絲勒用亞拿的麻醉粉把那兩人迷昏，便開始與團員們梳理整體現況。他們從炸橋走散開始說起，接著各自逃亡再到盜賊的避難所會合，但兩團人意見分歧又拆夥，最後只剩下他們這些人——

亞拿在一旁靜靜聽著，得知這群人中不只有跟團長一起炸橋的團員，還有在森林裡協助接應的部隊。依據他們闡述事實的方式與控訴時的態度，不難察覺，他們絕對是最忠誠於團長的小隊長與團員。

「我們遵照守則，在避難所待了十二小時，回來就發現村子裡都是騎士。」一名看似小隊長的人說道。

另一人補充：「剛才得到村民冒險丟出來的投石信，騎士是接近傍晚時找到村子的，制伏了先回來的團員，也逮捕了一些死去團員的遺孀，連村長也一起抓了，並且下令宵禁，村民不可以擅自離開屋子。村口那幾輛馬車就是清晨時作為誘餌的馬車，現在用來關押犯人，準備天亮時運回都城審判。」

「都怪他們！自己老大死了，一個個慌得跟走失的小男孩一樣，連規定都忘了，硬要馬上回家找奶吸。看吧，出事了吧！」一名小隊長咒罵了一大串，聽得出來這些話已經準備很久，就等這一刻罵給團長聽。

「莫迪凱陣亡了？」伊絲勒追問，她的語氣跟表情相當耐人尋味，分別可以解讀出各種複雜又曖昧的涵義。既像不敢置信，又像是早有心理準備，若問有沒有惋惜的成分，確實也能感受到幾分。

隊員們你看我我看你，想用眼神推派出最適合回答這問題的人，半晌後終於有人接下這任務：「是的，我們在騎士蒐集的屍堆中有發現他的屍體。」

聽完，伊絲勒沉默許久，表情沒有明顯喜怒，將一手遮在嘴前，另一手開始擺弄著她的「棋子」——就跟在山洞裡一模一樣。

「好，我大致了解了。」伊絲勒抬起頭，對剛才那位告知副團長噩耗的人說：「強納森，清點一下現有的裝備、人力與獸力。其他人都看過來，我要說戰術了。」

「團長，妳是打算救那些貪婪的渾球嗎？」一名小隊長驚呼，他身後也傳出不少應和的微詞。

「沒錯，我們要去救他們。」伊絲勒看著對方，眼神沒有閃躲一毫米。「我們之間確實有過不愉快，但是他們過去在分錢、輔助作戰的時候，從來沒有虧待過你們，不是嗎？」

那些持反對意見的團員雖然停止碎嘴，眉頭卻沒有鬆懈。他們的嘴角微微抽動，似乎很想說些什麼，卻因為某些不由分說的理由，讓反駁的話只能哽在喉嚨。

團長繼續說道：「而且，現在有難的不只是他們，還有我們的鄰居、村長。我猜，那個上尉應該是想用入罪人數來提升自己的功勳吧，我記得軍部內還有這種過時的積功方式。失去親人已經夠痛苦了，我不願看到她們為已經死去的人頂罪。」

這時，一位年輕的團員從人群中站起來，說話時頭幾個發音都在顫抖：「團、團長，這實在太瘋狂了！對手可是正規軍隊，妳只教我們怎麼逃跑脫身，可從來沒教我們正面戰鬥，這樣到底要怎麼劫囚？」

伊絲勒彈了個響指。「沒錯，你們只需要逃就行了。」接著一掌按在亞拿的頭頂。「戰鬥跟誘餌的部分，我跟我表妹會搞定。」

「誰是妳……唔！」亞拿才要吐槽，伊絲勒立刻往她嘴裡塞麵包。

「老大。」強納森舉起手，等所有目光都望向自己後才繼續發言：「正如那位年輕人說的，我們確實會害怕，那是因為我們自知能力不足。不過真正讓我們困惑的，是為什麼妳到現在還把那幫傢伙當同夥看待，甚至準備冒險去解救他們。索烏那幫人本來就不喜歡妳，常常把普爾節搞得烏煙瘴氣的，就算成功救了他們，他們也不一定會感謝妳，我們為什麼要為那種人拚命？」

「如果誰反對我、討厭我，我就藉故拋棄他，以後誰還敢跟隨我呢？」團長這席話說得相當平和，甚至可謂一種溫柔。

伊絲勒起身，站到剛才倚坐的樹根上。「我是普爾節的團長，並且刃了桌，任何一名團員都值得我拼命。反倒是你們，願意為曾經同甘共苦的村人鄰居拼搏一次嗎？就算不是為了他們，也是為村長與那些婦女們。」

儘管有些人的表情還是不太好看，但似乎是基於對團長的情感，也可能是某種恩情，沒有一個人再出言反對，更有人默默將面罩戴上——用行動宣示參與意願。

「傷害我的家人就別想安全下庄了。」伊絲勒豎起食指，霸者的氣魄瞬間撼進觀者的心底。「我要幫那些騎士的職業生涯，記上一筆想燒也燒不掉的篇章。」

第13節　五丈高的木架

布列維斯村莊內的聖會會堂中，一批全副武裝的騎士正在裡頭休息。能坐的長椅全被位階高的人占據了，其餘的人不是沿著牆壁靠坐，就是倆倆背對背倚靠。

一名年輕的騎士運氣滿好的，占到角落相對舒適的位置；能安安穩穩把頭跟肩肘擱進直角的領域裡，對於奔波大半天、作戰一兩個時辰的他來說，肯定是亞多乃的恩賜。

遙想今天一大清早，他做完自主訓練後，在城門口遇到一支準備啟程的部隊，得知他們正要去支援貝瑞塔上尉，討伐傳說中的盜賊團。碰巧有名騎士突然上吐下瀉，在極力爭取之下，最後如願跳上馬車，獲得加入出任務的機會。

不料，這段路程比他想像中漫長，途中接到不只一次傳信鷹叫他們改變路線，因為上尉的部隊又移動到另一個方位了。一番折騰後，他們終於在這個聽都沒聽過的村莊會合，準備逮捕潛伏在裡頭的黨羽。

對他而言，對付這些戰鬥外行人一點難度都沒有，他還一度懷疑這些人是否真的是普爾節。後來才知道他們的首腦根本不在村莊中，只是一幫嚇破膽的鼠輩罷了。

「喂，你！」一名位階較高的騎士指著這方向喊道，他默默祈禱對方不是在呼喚自己，不禁看了看左右兩邊打出鼾聲的隊員。

「還看別人？就是你！」那騎士的語氣更加不友善。「你也是支援部隊的吧？已經換班了還想裝死，快出去站哨！」

他拾起手邊的頭盔，克服鎧甲的重量站起來，罩上那顆鐵罐頭之餘，瞥一眼牆上的鐘——距離換班明明就還有半小時。

離開了會堂，順著被火炬點亮的道路，向村莊大門的方向走去。兩旁房舍的門都緊閉著，窗簾也拉上，昏黃的燭光映照出裡頭走動的人影，不時也能發現一兩雙嫌惡的眼神，從窗框邊緣射出來。這種感覺實在很難受，在城裡當執法人員時都不至於如此——至少不會那麼露骨地表現出來。

步行一段路後，他來到大門附近的囚車旁，對一名站哨的騎士表示自己是來換班的。對方轉過身，兩隻眼睛從頭盔的縫隙直勾勾盯著自己，就像在看不速之客。

「別緊張，是長官叫我先來的，不需要的話，我九點半再過來。」他識相地後退，轉身要離開時，赫然發現周圍又冒出幾名騎士，朝他慢慢走過來。「嘿！我不想惹麻煩，我離開就是了。」

說完便快步從原路離開，即便走了十幾公尺，依然能感受到不甚舒服的視線緊緊抓著自己。

此時他看到一行人迎面走來，從他們的裝備便能認出，那些人全是支援部隊的人，應該也是被前輩叫去交班的。

「喂！勸你們還不要過去，我才被前輩們狠狠教訓過，等時間快到的時候我們再過去吧。」

就在他們前後為難之際，一個轟天巨響從村門口傳來，騎士們先是一陣驚愕，接著拔出佩劍往火光跑去。其中一個劍鞘比較華麗的人拉住他，命令道：「你先去村長家通知上尉，就在那邊！」手指著不遠處的大房子。

他立刻衝過去，用力敲響木門大喊：「上尉，出事了，普爾節反攻了！」

貝瑞塔上尉走出來，身後跟著其他幹部。「我聽到了，你去確認會堂的人全醒了！」

又被叫去跑腿，這也沒辦法，誰叫自己位階低。他卯盡全力奔向會堂，途中爆炸聲又傳來了，回頭看見兩幢火柱與濃煙直衝天際。「原來這才是普爾節真正的實力嗎……」他驚嘆道。

幾名騎士駕著小摩亞從身旁呼嘯而過，而一些還沒搞清楚狀況的騎士慢慢走出會堂，看見他身後的景色後全愣在原地。他立刻上前，已經顧不得位階高低，一個一個趕去前線，確認會堂內空無一人後才折返戰區。

他上氣不接下氣地回到村門口，雙手撐在膝蓋上不停乾咳，感覺都要把肺咳出來了。

盜賊團與騎士團雙方正列陣對峙著，最後兩輛囚車熊熊燃燒，其他囚車的前方圍了一道木盾陣，上頭還扎滿箭頭，就像刺蝟一樣；一名全身黑色裝束的蒙面女子，坐在第一輛囚車的車頂上，瞧那不可一世的模樣，她一定就是盜賊團的首腦。

上尉對那人喊話：「盜賊，妳剛才說的蠢話還是留在夢就好，放走兩車的人應該滿足了吧？留下伊絲勒村長跟其他三車的犯人，然後像鼠輩一樣滾蛋，就跟清晨的時候一樣！」

那人聽了，用非常尖的語調說話，應該是吸了某種變聲氣體。「上尉，我們在橋上才打過一架，怎麼就不認我這個團長了？我已經來了，怎麼不抓我反而叫我滾呢？」

上尉豪邁地長嘯，說道：「妳是團長？吸氣體吸到腦袋壞掉了嗎？村長窩藏盜賊團團員，武器都在家中找到，死者的遺孀也都在這，證明村長才是最大的首腦，他就是伊絲勒，我不抓他抓誰？」

「也對，達羅村跟卡撒魯村的村長都是伊絲勒，你交給律法部的資料都是這麼寫的，你想蒐集三個伊絲勒完成三位一體嗎？」

騎士們聽了，紛紛看向指揮官。上尉的表情變得很奇怪，並用槍頭指向黑衣人大聲罵道：「聽不懂妳在說什麼，想像力真豐富，就跟妳異想天開跟席爾薇作對一樣。拿下他們，抵抗者格殺勿論！」

騎士們接到命令，一鼓作氣衝上前，但木盾陣後方噴濺出巨量濃煙，不消兩秒便吞噬了所有人的視野。訓練有素的騎士們下意識掩住口鼻，手上的武器持續對準敵人所在的方位，同時不斷呼喚一旁的夥伴，確認彼此都還活著。

本以為盜賊們會在煙霧裡大開殺戒，不料聽到的卻是馬蹄跟鳥爪帶著車輪揚長而去的聲音。此時，廣場颳起一陣大風，煙霧以上尉旋轉的長槍為中心緩緩散開——

他們奪回視野後，囚車果然都消失了，木盾丟在原地形成鐵蒺藜般的路障。旋即也發現，原本在場的同袍少了將近四成，顯然是被滲透了！

上尉蹬上自己的戰馬，對部下喊道：「他們逃進森林了，給我追！尤其要找出那個黑衣服的，還有第一車的囚犯，找到後點信號煙，兩名禽騎士跟我一組！」

說完，見剛才幫忙跑腿的騎士在一旁，便單手拎起丟在身後。「你當我後面的眼睛，走了！」戰馬被主人的腳跟催促，跳過鐵蒺藜，衝入森林小徑。

這匹馬與其駕馭者不愧是軍部的菁英，在有限的視野中依然能保持高水準移動，機動性甚至不輸小摩亞。不一會兒功夫就追到一輛囚車後頭。

上尉側過臉，以近乎吶喊的方式問：「後面有沒有跟上？」

「有！」他也用吼的。

收到回報，上尉豎起兩根手指，它們都戴有會閃爍螢光的指環，比了幾個只有部下才懂的手勢。兩隻小摩亞立刻加速，超過上尉的戰馬，兩名騎士手裡都拿著錨鉤繩。

他們正要出手的時候，樹林中飛出一抹人影，降落在囚車的車頂。騎士們都注意到它，卻只有上尉拉扯韁繩讓坐騎慢下來。

那身影拿著一包物體，做出拉扯的動作，一張巨大的布幔瞬間展開朝他們撲過來。兩名禽騎士反應不及，直直撞進那面屏障裡，上尉則因為前一刻減速，獲得充分的反應時間，及時閃過被打包起來的部下。

戰馬持續加速，向囚車的左側慢慢靠近。當左後輪一進入長槍的攻擊範圍，上尉將槍頭狠狠砸向車輪。

車身猛然一震，趴在上頭的身影也跳了一下，可惜沒被甩下來。變形的車輪轉了幾圈後變成碎片，車廂隨之傾斜，差一點就翻車。

「你爬上去，我去對付馬伕！」上尉命令道。

他一開始以為自己聽錯了，但被上尉瞪後，只好硬著頭皮踩上馬背，鼓起僅存的勇氣跳向車廂，驚險抓到車頂的護欄。

本以為上頭的人會來對付自己，不過對方似乎正忙著跟上尉交戰，沒空理他。爬上車頂的同時，敵人把上尉的攻勢架開，使戰馬不得已衝入一旁的樹林。

他將佩劍扎扎實實握進手心，在昏暗的視野中緊盯著那慢慢靠近的身影，從移動的姿勢到持武器的左手，不放過任何會讓自己萬劫不復的細節。

兩人同時衝向彼此，他往對方的小腿砍去，劍身卻被一腳踩住，同時從頭盔那該死的狹隘視野中，瞥見武器劃來的軌跡——

情急之際，他直接用肩甲衝撞對方，而那傢伙也只是稍微退後兩步而已，脖子的鎖子甲還是挨上一擊。一股詭異的衝擊感撼進身體裡，讓他差點就昏過去。

他摀著被擊中的部位，勉強把意識慰留下來。這人厲害的程度超乎想像，正想著該如何是好時，囚車來到樹冠稀疏的路段，月光隨即灑落車頂，揭開了雙方的黑色面紗，他也終於看見那張熟悉的賊笑——

「混蛋，早猜到是妳！」

「沒把你打量真可惜！」

此時，戰馬從樹林中衝出來，上尉發出戰吼：「團長我看到妳了，村長也在車上吧！」長槍鞭向駕駛座，強大的威力連同左前輪一併破壞。

車廂應聲往上尉那側傾倒，拉車的兩匹馬被重重扯了一下，雙雙失足撲向地面。戰馬也受到波及，身體失去平衡，帶著主人狠狠摔上一大跤。

車頂上的兩人——威廉與亞拿——被慣性的力量拋出車外，摔進道路旁的灌木叢。馬匹連同載具滑行了一大段距離終於停下，短時間內沒有任何生靈能夠負荷這股衝擊力，全部都在地上嗚咽哀嚎。

多虧這身盔甲，威廉才沒摔得皮開肉綻，大概只有瘀青而已。他躺在被壓爛的灌木叢上，面目猙獰地感受小命僥倖保下的餘悸。

等意識稍微鎮定後，他從枝葉的縫隙望向囚車，赫然發現有個人影看似沒事的，站到車廂上方。推測應該就是為了躲避斬擊，攀到車廂另一側的團長——翻車前有瞄到她俐落的身手。

威廉嘗試翻成匍匐的姿勢，但肌肉被撕裂的感覺隨之襲來，痛得他連怎麼慘叫都忘了。才剛往道路的方向爬幾步，一股重量壓在身上，令他無法再移動半寸。回頭一看，發現亞拿趴在他身後，並用極為虛弱的氣音說道：「先不要出去，等著看。」

「妳不是受命調查他們嗎，怎麼反而加入他們了？」

「閉嘴啦，這以後再說……」

戰馬已經奄奄一息，上尉拄著長槍才把身體撐起來。他對車廂上的團長說：「妳逃跑的功力果然不同凡響，既打不死也摔不死。好了，我們就不要浪費彼此時間，村長在不在那輛車廂裡？」

「你真的很執著呢，就這麼想定他罪嗎？」團長的音調還是一樣高。

「既然出動了就一定要有個結果。事情很簡單，想救村長，妳自首跟我回去，或者，我把妳的頭顱帶回去。」上尉從後腰包掏出一支棍狀物，看起來是信號煙。

「你的作風早就傳遍席爾邦境內各個村落了，以討伐犯罪組織之名，入罪大量嫌疑犯來累積聲望。而那些人大多只是跟犯罪組織沾上一點邊的普通人，從親人到鄰居，甚至只是交易過物資的小販，你全都不放過。」

上尉靜靜聽著，幫信號煙點上火苗，直到那東西燃起猛烈的火光。團長繼續說：「這招滿聰明的，特地找沒錢沒勢的人民下手，罪證只能任由你羅織。雖然那兩個村子你只抓了村長以及案件相關人等，但是我後來聽說，那些人的親朋好友不久後不是死亡就是失蹤，你有什麼頭緒嗎？」

「妳覺得呢？會不會是因為，他們的話跟妳一樣多？」上尉將信號火丟到一旁，又濃又亮的紅色煙柱竄上夜空。「不過妳別搞錯了，我是在幫他們昇華身為失敗者的剩餘價值，即便是妳這種只會搶別人東西的敗類，應該多少能理解，身分高低是種天命吧？有些人生來就是為了服務上層的人，有些人生來就是為了管理下層的人，每個人盡好本分才能造福更多人。再說了，我的做法不只能將犯罪組織連根拔起，還幫王國處理掉一堆經濟拖油瓶，那位優柔寡斷的國王應該感謝我才對！」

這時，團長從車頂的置物箱中，取出一個附帶喇叭的箱型裝置，接著將它攬在膀臂裡，另一手轉動上頭的把手。機器一開始只有類似風聲的雜音，隨後便發出人說話的聲音：『你真的很執著呢，就這麼想定他罪嗎——』原來是台留聲裝置。

「臭婊子！」上尉走向車廂，腳下隨即傳出清脆的碎裂聲，仔細一看，是一個被踩碎的喇叭，並且有一條管子延綿至車頂。

「你的聲音都確實刻進去囉，我會幫你交給優柔寡斷的國王的！」團長打開外箱，拆下裡頭的音軌芯軸。

上尉衝上車廂，整支長槍變成紅色，直直貫向團長的頭顱。同時，一抹更快的身影追上槍頭，並且踩在它上面，使行徑中的凶器瞬間下沉，在車頂開了大洞——亞拿穩穩站在槍桿上，木杖抵著上尉的胸甲；不單是上尉與威廉，就連團長也被這鬼神般的身手震懾。

「原來橋上的魅影就是妳。團長，想不到妳的團隊組成那麼多元，連亞多乃的選民都有。」

團長苦笑幾聲，說道：「誰叫命運對我們都開了個大玩笑呢？」

上尉沒有笑，而是喝斥一聲，使盡蠻力撩起槍頭，將車頂刨出更大的破洞，迫使兩名盜賊跳下車廂。

威廉趕緊爬出灌木叢加入對陣。再怎麼說，自己也是名騎士，對手陣營都行動了，沒道理繼續趴著。

「小子。」上尉呼喚威廉，眼睛卻盯著車廂的破洞看，接著用切齒語氣說：「幫我牽制黑衣女，等我收拾完牧羊女就過去。」

霎時，他瞥見血色的霧氣從上尉身上飄出，就像煮沸的熱水。

團長像是接受挑戰似的，對威廉揮揮手。「嘿小子，在這裡，快來牽制我吧！」

威廉立刻拔腿衝上去，對方則靈巧地鑽進一旁的樹林。他緊跟在後，留下上尉與亞拿。

他們前腳才離開，上尉——克里斯——的長槍便劈向亞拿。她用一個後空翻就閃過，讓血色的凶器在地面留下一道裂痕。

「真不愧是亞多乃的選民，還有閒工夫看別的地方。」克里斯抽回槍桿，等亞拿與自己對上眼才繼續說道：「聽說這幾天城裡出現不少妳的族人，把大家搞得緊張兮兮的，妳該不會就是其中之一吧？」

亞拿當然知道對方指的是什麼，但她懶得跟這人對話，便將木杖甩弄幾圈扣在備戰的架勢。

克里斯又衝過來，槍頭隨手臂延伸，直指亞拿的眉心——

她用木杖側擊槍桿，使其稍微偏離方向，再配合步伐甩身，完美避開槍頭的同時，衝進對手的下懷，瞄準頭盔的下顎揮出巴掌。

克里斯將頭偏一邊，讓她只撈到頭盔一小角。對手隨即抓住亞拿的手腕，正要被扭斷之際，木杖趕到下巴——

響亮的鏗鏘聲拉著克里斯的腦袋往後仰，頭盔也飛到半空中。趁對方無法控制自己，她抽出被抓住的手，輕盈彈跳到安全距離。

不料克里斯很快就恢復神智，驅使巨大的身體與槍桿直撞過來。亞拿用木杖勉強接下，換得對方的讚揚：「非常不錯！妳肯定就是那些麻煩人物之一！」

亞拿使勁將長槍架開，試圖爭取一點距離，但對方立刻又壓回來。克里斯繼續說：「有趣的是，我聽說國王去拜託聖會騎士團了，要來對付你們這幫攪亂天下的渾球！」

她的臉色立時凝重起來。提腳踩上槍桿，把對方當踏腳石用力踢，旋了個空翻再著陸。「你們找了聖會騎士團，你說的是真的？」

克里斯顯然很得意，因為他成功讓亞拿回話了，便又忍不住多嘴：「當然！畢竟三十年前發生過那件事，讓聖會聽自己來處理是再合理不過！」

「不，那個決定非常糟糕……」她的腦中浮出某天拉比與商會領袖談話的記憶，他們正議論著許多王國被聖會騎士團造訪後，整座城市長滿了樹——

克里斯哈哈大笑。「妳最好趕快通知夥伴們這個壞消息，哦對不起，妳沒機會了，因為妳會死在這裡！」

亞拿低著頭閉上眼睛，將肺中的空氣徐徐舒出。當她再度睜開雙眼，看向及時打消偷襲念頭的克里斯時，焦躁的血氣已經平靜下來，身外的羽毛也越飄越多。

「你一定要去警告國王，千萬不要讓他們進到城裡，因為他們會做非常可怕的事。」

克里斯鎖緊眉頭，那副表情就像聽見流浪的占卜師亂發預言似的。「妳奢望我聽信攪亂者說的話？」

「不期待，但是相信你會為人民做最好的決定。」說完，亞拿綻放出大量的羽毛，並有旋風帶著它們狂亂飛舞。

她衝上前，克里斯也刺出槍頭，纏繞羽衣的木杖宛若電掣光影，將驕傲的鋼刃徹底擊碎——

◆◇◆

夜裡的森林視野出不了五公尺。威廉卯盡全身的力量，扛著鋼鐵身軀緊跟在團長後頭，對方跑多快他就跑多快，使得整片林子都是甲片的聲音。

團長帶他在林間轉了好幾圈，最後三、兩下爬上一棵兩層樓高的大樹。

若是平時的威廉，跟著爬上去一點都不是問題，問題是現在他只能扶著樹幹瘋狂乾咳。

「騎士先生，你還好吧？」團長關心道。他光是要安撫呼吸就夠忙了，根本沒空搭理對方。

團長等他的咳嗽聲不那麼威猛時，才繼續搭話：「你跟那女孩本來就認識吧？我有聽到你們在車上的對話。」她的變聲氣體慢慢消退了，聲音竟然出乎意料好聽。

他終於能挺直腰桿，瞪著坐在樹上的人，同時思考要怎麼把對方抓下來。「我原本以為自己認識她，但沒想到她居然連匪類的錢都賺，真是看錯人了。」

盜賊頭子聽了，只是苦笑幾聲，似乎也同意。隨後又問道：「你好像也會飄羽毛呢，剛才追逐的時候我有瞄到幾根，是她教你的嗎？」

「妳也知道羽化？」威廉詫異得用問題回答問題。

「是的，我知道。」團長回答得悠悠然然，就像跟朋友聊天一樣。「以前學過一點知識，好一段時間沒練習就生疏了，直到跟她相處後才慢慢找回一點感覺。」

聞言，威廉不禁懷疑賽特是不是欺騙了自己。那人告訴他，讓靈魂羽化的前提是選擇「困難的那條路」，諸如能發怒的時候選擇冷靜、能憎恨的時候選擇饒恕、有殺人的手段卻選擇救人，化約成一個重點就是——約束本性成為「善良」的人。

但眼前的事實卻是，一個我行我素的小太妹會羽化，而且還超級厲害，現在連罄竹難書的盜賊頭子也會。善良的定義怎麼跟以前認知的不一樣？莫非，這世界的價值觀早就被某個滅世大魔王顛覆了，只有自己還傻傻的被蒙在鼓裡？

「既然你是傻妞的朋友，我就不對付你囉，等你休息差不多了，我們再假裝追逐回去吧！」

「對付我？」被輕視的感覺擊潰了威廉的理智，久違的血氣——灼熱且刺痛的感覺——隨即蔓延整條右臂。他拾起腳邊雞蛋大小的石頭擲向團長。

皮膚被擊中的聲音緊接傳來，只見團長的下顎仰起，腦袋將身體往後拉，躺到一個角度便從樹幹墜落。

威廉立刻衝上去，拔出佩劍要給敗類最後一擊。卻看見團長在空中翻滾一圈，用單膝漂亮著陸，接著將石頭扔回來，不偏不倚命中他的右腳踝——只有皮革覆蓋——的部位。

一股前所未有的痛覺竄上脊椎，整條腿瞬間癱軟無力，使他在地上打滾好幾圈。

當威廉回過神，發現團長單腳墊在他的胸甲上，一副高高在上的姿態俯視著自己。

「難道她沒有教你，在面對會羽化的對手時，要避免讓血氣太過濃郁嗎？不過。這也不能怪你，這失誤連她自己都會犯。」團長甩甩右手腕，暗示石頭就是那隻手扔的。

威廉本來想順勢抓住團長的腳施展關節技，但對方已經先踩著他的身體，輕盈地跳到手搆不著的另一側。

「走吧，他們應該打完了。哦對了，建議你在臉上抹點泥巴，這樣你的長官或許比較不會懲罰你，再見囉！」團長說完，便朝信號煙的方向跑去。

他狼狽地從地上爬起來，兩顆拳握出了青筋，直到手臂抖到無法更抖才鬆開。此時腦中閃過偶像——羅伊——的一段故事：他年輕時也曾追丟犯人，只不過他坦然面對失敗，更沒有設法規避長官的問責，就算之後被罰獨自清掃馬廄也沒有怨言。

髒亂馬廄的記憶隨之浮上心頭。如果一位英雄也曾走過這一段，那麼這才是他該效法的道路。他拍掉剛才無意間挖起的爛泥巴，舉步尾隨團長的蹤跡。

當他脫離林蔭處，看見上尉已經被打趴在地；團長一手掌按在亞拿的頭上，使勁地撥亂頭髮之餘，口裡說著讚美的話；紅髮女孩則是板著死魚眼，對那些恭維不以為然。

他也注意到囚車的後門是敞開的，仔細一看，發現裡頭躺滿了被扒光裝備的騎士。此時，路徑的盡頭傳來鳥爪與馬蹄奔馳的聲音，應該是被信號煙招喚來的援軍。

「小、小子，還發什麼呆，快抓住她們！」上尉吃力地喊著，試圖爬起來卻又倒回去。

威廉與兩位女士對上眼，他可不想再挨亞拿的木杖，所以遲遲不敢動作。蹉跎之際，一陣突兀的嗡嗡聲闖進耳裡，並有一條長長的麻繩從樹梢滑下來，掠過他們之間，團長跟亞拿立刻抓住它，旋即被拉向天空。

順著兩人飛躍的方向望去，看見一幢偌大的黑影，在星河中翱翔——

「飛、飛船！」威廉驚呼。

在腦袋想清楚前，身體已經自己追了上去，眼看繩索就要被抽上高空，他的腿部飄出羽毛，接著一舉躍上半空中，驚險抓住繩子末端。

「好在有先賄賂船長，請他先在天上待命，我真佩服睿智的自己！」團長炫耀著，然後跟著亞拿的視線一起瞅向下方的威廉。「哎呀呀，我們有偷渡客呢！」

威廉拔出佩劍，扔到下方的森林，接著對她們大喊：「我不是來抓妳們的，我只想知道真相！為什麼妳們兩個都那麼強，羽化不是心地善良的人才能綻放嗎？結果一個騙子跟一個賊頭都這麼熟練，難不成賽特騙我？」

兩個女人聽了，一時間都語塞，她們彼此對望後，團長問：「你嫉妒哦？」

「對！」

「好了，有件事更重要，你們兩個都聽我說！」亞拿打斷兩人，等他們都交出注意力後才繼續說：「我剛才聽那個上尉說了，國王找了聖會騎士團來對付我跟拉比。你們一定要相信我，那些人絕對不是好東西，他們不是來幫助你們的，是來『種樹』的。」

「種樹？種什麼樹？」威廉問。

「偽聖樹、黑血樹、善惡樹，名字是什麼都不重要。聖會騎士團一定會堅持要入城，然後宣稱你們被亞多乃詛咒，要來潔淨城市。你們千萬不要讓他們進到城裡。」

「我們還可以怎麼做？」團長問。

「把大門堵死。」

「就這樣？」團長的語氣很急，威廉看了覺得可笑，壞人幹嘛一副很關心王國的樣子？

「對，只能這樣，也可以賄賂他們，難不成你們敢對聖會廳出手？」亞拿又補充：「我跟拉比得到遺物後就會離開，這樣至少能把祭司廳的武僧引走，讓你們專心對付騎士團的人。」

團長把頭甩向天邊，看來非常不屑異邦女子的答覆。

亞拿見狀，輕輕嘆口氣後，換個較軟的口吻說：「也不用那麼悲觀啦，雖然還不知道他們會用什麼方式『撒種』，但是只要不讓他們進來問題都不大。你們真正需要擔心的是『祭司』，如果牠真的現身，拉比可能會直接動手，到那時城鎮可能就真的要天翻地覆了。」

「『牠』？不是人類嗎？」

「不是，是蛇，是偽裝成人類的惡魔。不過你們也不用太緊張，以前大戰時，牠們就是拉比跟『提巴』的刺殺目標，所以牠們不太敢隨便現身啦，你們只要想辦法打發騎士團離開就好了！」

很快地，三人就完全脫離騎士團的視野範圍，被飛船帶到密林深處——

第14節　政客、騙子再加一個死腦筋

「太荒謬了，那些豬頭忘記我們的銅月每年為邦聯創造多少經濟價值嗎？而且外賓這麼多，他們要怎麼向那些人的屬籍交代！」

「可能就是被這一點吸引來的吧，人夠多，收成才會多。」

「瘋了瘋了，這世界真的瘋了！」

三人站在石窟的洞口，四周布滿了錯綜複雜的岩石與樹木，將入口掩藏得好好的。這裡是位於村子東南方的廢棄礦場遺址，現為普爾節盜賊團的「避難所」，也就是伊絲勒要求團員們任務結束必須待十二小時的地方。

「所以黑血樹的果實到底能做什麼，讓他們不惜犧牲最會賺錢的從屬國也要種？」莎拉——伊絲勒——說著，渺渺血煙不時從肩頸冒出來。

亞拿咬下一塊火腿然後津津有味地吞下。「那東西的用途跟魔獸水晶差不多，可以讓士兵的靈、魂、體產生異變，或是提煉成強大的爆藥，只是它更高級，還能自己種。

說得簡單一點就是，它的好處比祭司廳的魔獸還多，所以這幾年他們非常積極——」

「等等等等！」威廉打斷她說話。「妳的意思是……那些魔獸是祭司廳創造的？」

「是呀，那麼噁心的東西，只有噁心的腦袋才想得出來。」說著，她將火腿的咬切面展示給威廉跟莎拉看。「他們把活人的血氣榨出來，再跟各種動物的屍塊一起灌進馬的子宮爐裡，發酵後魔獸就爬出來了。就像把肉塊變成火腿一樣，根本不是自然生物，都是人手製作出來的東西。」

威廉倏地往旁邊乾嘔，發出一連串被胃袋驅使的聲音；莎拉則是掩住口鼻撇過頭，連身體不適都要捍衛身為貴族的矜持。

「有時候原料不夠，他們還會先把活人的腹腔剖開，在半死不活的狀態下丟進去。」

威廉直接把剛剛吃的東西吐出來；莎拉鼓起腮幫子，但瞬間又吞回去，然後伸手敲亞拿的頭。

「幹嘛啦！你們都知道人可以變成『樹』了，把人孵成怪物有什麼好大驚小怪的？倒是你們還把牠們當成自然資源一樣寶貝，怪荒謬的！」

莎拉很快就讓自己恢復鎮定，為剛才的資訊下了結論：「好，我明白了。聖會廳奉承祭司廳、祭司廳施惠聖會廳，如此一來，祭司廳得到更崇高的權力、聖會廳得到更強大的武力，小國小民都只是他們的養分，這樣一切都說得通了。」

威廉清完嘴角上的宵夜，不服氣地問亞拿：「那麼可怕的事情妳居然能說得這麼輕鬆，難道妳真的一點都不害怕嗎？」

「還是會怕啦，但比起模仿惡魔的人類，我們更怕偽裝成人類的惡魔，所以才要隨時保持在可以羽化的狀態，就能應對各種突發狀況。還記得我們剛認識時殺的那頭魔獸嗎？你以為我有怪力，但其實就只是用羽化擊打血氣會產生的效果而已，連強盜跟上尉也是，全身上下都是血氣，所以我根本不怕他們。」

「哦！所以在商會時妳是故意讓他抓走的，妳果然是大騙子！」威廉指著亞拿的鼻子罵道。

亞拿先是愣了一下，隨後模仿歌劇那種浮誇的演藝風格，楚楚可憐地哭訴道：「陛下！這白頭髮的官人，不只趁我睡覺時闖進我的房間，在馬車上還撞我的咪咪，請陛下為我主持公道！嗚嗚嗚——」

「三八，那是我的房間！還有，馬車上那種情況誰管得了這麼多啊！」

莎拉出言制止兩人繼續鬥嘴。「夠了兩個小朋友。看，村裡的修士來了，我們進去吧，你們要吃東西或睡覺都行，總之安靜一點。還有件事，進去後，我只是伊絲勒，明白嗎？」

◆◇◆

這座洞窟稱不上寬敞，但也不至於狹窄，目測直徑大約有二十到三十公尺寬，數座簡陋的帳篷倚著牆邊搭設，堆放了應給物資與作戰器材——並且再容納近六十名盜賊，與同伴們的遺孀遺孤。

伊絲勒的劫囚計劃非常順利，不僅救出被囚禁的團員與村民，還順便賺到了從騎士身上扒下來的軍備，以及幾隻小摩亞。團長判斷騎士團應該只能選擇撤退，不過為了以防萬一，相關人等都先留在避難所過一夜再說。

午夜的月光穿過天井，為下方的空地與其上的人們披上灰色的外袍。白色的小蠟燭零星散布在地上，數量與死去的團員相同，共三十一支，其中有支稍微大一點，上頭繫有黑色的絲帶，寫著副團長——索烏——的名字。

修士將最後一句得體的祈禱詞誦完，便放下金色的球形香爐，然後跟伊絲勒一樣，去到啜泣的家屬身邊，與他們說說話，或是融入死者生前的夥伴之間，一起聊些詼諧的往事，就像是盜賊團的一分子。

亞拿與威廉靠坐在最外圍的一根圓木前，默默觀望這場最克難，卻又充滿溫暖的追悼會。

威廉似乎對修士的一舉一動非常感興趣，目光一直追著對方。原來在他過往的經驗中，聖會廳神職人員對道德秩序的尺度，可是能量到天上去的。公主殿下偽裝成盜賊團團長就算了，受過聖會廳教育的修士居然與犯罪者如此熟絡，這個世界的秩序真的崩壞了！

亞拿吸著煙管，聽白髮騎士高談正常的道德倫常該如何如何，雖然臉上沒有表現出來，但內心已經訕笑對方七十個七次了。這世界的秩序有沒有崩壞不確定，但能確定的是，這世界需要更多像威廉這樣天真的人，不然逃城就不會是最自由的地方了。

幾個時辰後，那披修士袍的男子與一伙人結束談話，竟然朝著他們這邊走過來。逕自抓了個還算合宜的距離盤腿坐下，全程輕手輕腳的，就像怕嚇跑小野貓似的。

修士先向亞拿與威廉投以友善的笑容，然後問候道：「兩位好，我已經聽說了，小安小姐是團長的表妹，騎士先生是團長的表外甥。幸會，我是負責布列維斯村的修士，你們可以叫我馬可。」

聽到莎拉私自冊封的頭銜，兩人旋即露出嫌惡的表情。不過馬可似乎沒看出來，自顧自繼續說：「如果沒有你們，這次救援行動是不可能成功的，伊絲勒團長也就無法回到我們身邊，真的非常謝謝你們！」

「聖會廳的神職人員居然希望盜賊團團長平安無事，真是大開眼界呢。」威廉彷彿很急著讓對方知道自己有多不屑。

馬可聽了也只是笑一笑。「如果是四年前的我，肯定會希望他們一去不回的，聖會廳的教育可是扎扎實實刻進五臟六腑呢。不過，團長的作為改變了我的想法。」

「這個村子很窮，所以一些血氣方剛的人會去結夥搶劫，還常常讓人追到村裡尋仇，村長跟村民們都非常頭痛。就在四年前，伊絲勒來到村子，與大家熟識後，把一些盜賊組織起來，訂下許多作戰方針，大部分都是盡可能保住雙方性命的作法。原本以為她只是個浪漫主義者，沒想到真的可行！」

威廉忍不住問：「你有一起出過任務嗎，怎麼確定她有確實執行？」

「團員們會抱怨呀。團長要求他們搶了東西就逃跑，非常特殊的狀況才挾持人質，但最後還是會平安釋放。照團員們自己的形容，覺得自己就像到雞舍偷雞的狐狸，還因此被隔壁山頭的盜賊嘲笑呢！」

「一開始當然有不少人覺得她的作法很偽善，但抱怨歸抱怨，他們卻沒辦法否認戰術從來沒有失敗過，也比以前安全太多了。村民的生活變得有餘裕後，頭腦就可以開始思考生存之外的事情，諸如對家人好好說話、主動關心鄰居，甚至有人退出普爾節，嘗試其他正當的賺錢方式。」

「村子從死氣沉沉變得越來越有朝氣，我主持彌撒十年都辦不到！只可惜，副團長還來不及理解就走了……」語落，馬可轉動脖子，牽著亞拿與威廉的目光，看向剛換聊天對象的伊絲勒——

團長正與一對母子坐在一根圓木上，那名孩童應該只有兩、三歲。伊絲勒欠著身子，讓孩子能夠與自己對上眼，她先用兩隻手掌把臉遮起來，隨後揭開鬼臉，把孩童逗得呵呵笑；原本忙著用手帕拭淚的婦女，看著團長重複幾次動作，孩子越笑越開心，自己終於也破涕為笑。

馬可的視線依舊在孩童那裡，語氣沒有特別起伏。「副團長的本名叫索烏，生前是最反對團長的人。他年輕時能力不錯，被煤礦工會提拔為小幹部，所以說，村裡的前礦工們大多都曾是他的下屬。就算沒礦挖了，老大哥的架子卻沒有卸下，強勢的態度連村長都不得不看他的臉色。聽說村人會開始結夥搶劫，最早就是他帶頭的。」

「然後好幾次差點害全村子遭殃。」一個男人的聲音補充道，三人同時轉向那位貿然加入話題的人。

亞拿對這人有點印象，好像叫做強納森，手裡拎著酒瓶，蹣跚的步伐帶著濃郁的酒氣晃過來。接著一屁股跌坐在圓木的另一側，後腦杓對著他們三個人。

強納森打了一大口醉嗝，接著說道：「我們團長的好——那孬種一百年都追不上！他一開始還嘲笑我們——說我們沒蛋蛋，甘願當女人的部下。然後呢、然後呢？他媽拜託村長勒！幫他說情加入普爾節，還要當副團長，真——他媽不要臉，媽的，誰才沒蛋蛋？」

「好了好了，你喝多了，今晚就留點口德吧。」馬可拍拍醉漢的肩膀，阻止對方繼續說下去。

亞拿倒是聽得有點愉悅，她取下煙管，漾起揶揄的笑容。「還以為團長總是老神在在呢，原來她也會被情緒勒索呀？」

馬可苦笑著說：「這也沒辦法，她就是太溫柔了，才會插手別人的家務事。那做人丈夫的把財產都賭光，妻子為了不讓孩子挨餓，準備把孩子送給城裡的人家，每個晚上哭得撕心裂肺的。相信我，那陣子我連睡覺時都會夢到她的哭聲。」

「我很能體會。」威廉馬上應和。

「你是指插手別人的家務事嗎？」

「不，是家裡有個混帳老爸。」

亞拿望向莎拉的背影，對方正摟著已經泣不成聲的婦女，手掌溫柔地在其背上來回撫觸；孩子則愣在一旁，用著純淨的大眼睛，嘗試理解發生了什麼事。

此刻，記憶中某個形象又與莎拉疊合在一起了，但與在峽谷不同的是，那個形象更加清晰——

它擁有高大的背影、及肩的蒼白頭髮、滿臉皺紋的側顏。與莎拉做著相同的動作、相同的神情，彷若那個人——拉比——也曾在哪裡做過相同的事。兩人的外型明明差非常多，但是不知道為什麼，幾次莎拉流露真性情的時候，總會讓她想起拉比。

這時，強納森開始說些更瘋的話，瘋到都聽不太懂在說什麼了，還發出反胃的聲音。馬可將他扶起來，要帶去更邊遠的地方休息，臨走前說：「很高興跟你們聊天，本來還有點疲倦的，聊著聊著，身心突然就舒暢起來了呢！晚安囉，願亞多乃祝福你們。」

亞拿禮貌地回以微笑，看著那離去的背影，身體周圍飄出更加明顯的靈氣，她知道自己的靈職又不小心「祝福」了別人。

正如伊絲勒說的，「惠師」確實是她擅長的靈職之一。它會自作主張地滋潤別人的靈魂，讓對方的心靈平靜下來，血氣也會被稀釋，羽化的能力隨之得到增幅。

因此時不時就會聽到別人對她說：『跟妳在一起心情就變好了！』『跟妳聊聊後，感覺又有力量了！』事實上她根本什麼都沒做，說的話也沒有特別營養，但別人總是能得到比她本人還要愉悅的時光。最近還有個傢伙被祝福後，用增幅後的羽化對付她，儼然就是搬石頭砸自己腳的能力。

一般而言，一個人擅長什麼靈職，跟個性、天賦以及閱歷有很大的關係。她覺得自己並不溫柔，對陌生人又相對冷漠，跟典型的惠師人格是大相逕庭。

所以她實在不明白，自己為什麼會有惠師的職份——而且還異常強大。強大到能感知別人的情緒，甚至趨近於讀心術的程度，讓她在作戰的時候可以輕易躲過對手的追跡，奇襲對她也不大管用。

不確定過了多久，只知道斗缽中的菸草漸漸燃盡，一旁的白髮男也打起瞌睡。冥冥之中，聽到碎石與鞋底摩擦的聲音，從遠至近一步一步傳進昏沉的腦袋裡——

「嘿！起床囉，我的表弟妹們，我們要回城了！」

亞拿與威廉相繼睜開惺忪的眼睛，發現洞窟非常寧靜，大部分的村民都在休息，而且洞口的地方還是黑的。

「四點……」她揉揉眼睛，確認自己沒有把懷錶的指針認錯。

莎拉神采奕奕的，完全不像跟所有喪家都聊過天的人。「小姐，是誰一直逼我快點回城的呀，還是——我們睡飽再回去？」

聽此，她趕緊從地上爬起來。「回去，要回去，我們現在就出發！」

團長笑了笑，接著對兩人說：「好的，我們這就啟程。我跟亞拿騎一隻小摩亞，威廉你自己騎一隻，進城後我會帶亞拿去找狐狸，威廉你先處理好騎士團那邊的事。他們這次敗興而歸，說不定會拿追上飛船的你出氣，我已經幫你把盔甲砸了幾個洞，你只要說自己戰敗就好了，明白嗎？」

「當然，我也不是第一次自己脫隊了，他們會問什麼我都知道。」

接著莎拉又說：「等事情都處理得差不多後，我們約正午十二點在水源公園碰面吧。」

亞拿聽了，直覺莎拉又想使詐，防備心立刻築起來，凝視對方的靈魂追問這麼提議的目的。

只見莎拉的神情依舊自信滿滿，不過說話語氣變得有些冷然：「妳不是說只要我跟妳回去，要妳做什麼都願意嗎？唉唉——可不要說我耽誤妳哦，妳跟妳的同胞跑到我的王國搗蛋，妳總不能東西拿了拍拍屁股就走吧。妳要的東西我會給妳，相對的，妳要當我的『門票』，幫我弄到我想要的東西再走吧！」

威廉訝異問：「門票？王國之內也有妳去不了的地方？」

而亞拿已經猜到莎拉指的是什麼了，她確實是「門票」沒錯，不過說得精確一些，她是一種「擔保人」才對。

此時，尊貴的公主陛下揚起盜賊頭子才合適的笑容。「我要去任何王法都無法染指的地方，真正的地下黑市——『絲歐客』。」

末節　樹苗

某座幽暗的地牢裡，油燈吊掛在石牆上，昏黃火光映照出貧乏的視野，兩個人影在其間移動著——

領頭的男子在其中一扇牢門前駐足，指著它說道：「大人，就是這間了。」

「打開吧。」被稱呼為大人的男子吩咐道，然而，這位擁有開門權力的人沒有立刻照做，只是搓著手背，洋溢著期待的神情。

「哦對，我怎麼忘了呢？」大人取出一枚金幣，遞到對方交捧的手中。

男子滿足地將金幣含進手心，並從口袋掏出一把鑰匙，旋開門上的鎖頭。「您們慢慢聊，小的先上去了。」

「先在這等一下，我很快就結束。」這位大人喚住準備離開的男子，確定對方留在原地後，便推開木門，讓門軸的噪音先幫他向裡頭打招呼——

漆黑的牢房內只有一個人，他與房門正對而坐，靜靜等候這位「大人物」自己表明來意。

「久仰大名了，哥萊亞・貝爾森。」大人呼喚其名，接著自我介紹：「吾乃祭司廳第六祭司，巴沙・阿斯塔路。」

「呼啦啦啦啦！祭司廳認識我？」

「當然了，前天的報紙有刊載，遽聞，閣下是被一個少年婦人打敗的。」巴沙的話才剛說完，便有巨量的血霧從哥萊亞身上傾瀉出來。

「呼啦……說話小心一點，老夫可不在意再背一條殺人罪。」哥萊亞連根小拇指都沒動，兩腕間的鏈環卻發出刺耳的金屬摩擦聲。

見對方的血氣如此激昂，祭司非但不畏懼，還揚起愉悅的嘴型。他走上前，與哥萊亞僅隔兩步之遙。「我有份工作要介紹給你，完成後，你也自由了，敢問意下如何？」

聽此，哥萊亞將眼前的人重新打量一番。「是哪一種自由？無罪，還是流放？」

「那就得看你的本事了。」巴沙挑釁著，並自若地轉過身，任由猛然起身的野獸對自己的背影垂涎。

祭司走出牢房，看了看門邊的小樹，確認它已經成熟了；樹冠剛好頂到天花板，樹根扎扎實實破入地磚，葉子茂盛得飄落一地。他忍不住端詳面目猙獰的木紋，便滿意地點點頭。

巴沙將手掌平攤在疑似由右手化成的枝幹前，一條細小的蛇從樹洞中鑽出，爬到主人的掌心後，盤成漩渦狀的同時變回金幣。隨後，祭司將手探進枝葉裡，摘下一塊黝黑色的結晶體。

他走回牢房同時口裡嚷嚷：「哈抹之子、示劍的勇士呀！領受我的恩賜，去誅刃你的仇敵，以薩之子，洗滌身上的恥辱！」

語落之時，剛好將果實遞到哥萊亞面前。「來，新鮮的貪婪之果，魔獸的水晶在它面前都只是半成品。」

見對方一臉錯愕，猶豫要不要接下禮物，巴沙裂起狡詐的嘴角。「吃下去，幫我殺掉厄梅迦士師以及她的門徒，然後，你就永遠自由了。」

（下集待續）

【一章1節】

碩大的脖子彎下獸首，口裡吐著蛇信，對眼前的生靈刷了刷瞬膜，隨後從地洞抽出一對巨大的熊掌，將礙事的岩石拍碎，同時張開血盆大口，吼出沙啞的羊叫聲——

（繪師：品讀人兼同事 FF HIPPO）

後記——

原本沒打算幫牠畫插圖的，畢竟功力不足根本畫不出來。殊不知品讀人看後，覺得那個「咩～」非常有畫面，說一定要畫出來。本以為他只是隨興畫一畫，沒想到完成度這麼高，臉皮薄的我過意不去，說服他開個價讓我買下。

故事設定插畫集

【一章2節】

亞拿輕瞥身後亂成一團的成年人，確定沒人看過來，便偷塞了一枚銀幣給少年，並將食指豎在微笑的嘴唇前。

【一章3節】

亞拿循著聲音望向屋簷，看見一顆長白頭髮的腦袋。她取下嘴裡的煙管，輕輕吹出煙霧。「嗨，白髮騎士，升官了嗎？」

【一章4節】

圖中有三座浮在空中的島，以及一座傾斜的陸塊，只剩一小角在圖畫右邊角落，左上角有個指北針，箭頭向左邊。
中間靠右的島看起來最小塊，上頭長著一顆大樹，旁邊標註「錫安」。左邊是第二大的島，上頭有豐富的山河，還有一座小城堡，為它標註「席爾薇」，然後在島的上方寫「加芙以拉奇」。
兩塊島的上方是一塊巨大的島，面積幾乎佔去畫紙的三分之一，它一樣有些標誌性地貌，但沒有前一座島精緻，標記字樣寫著「薩奧連」。傾斜的陸塊上什麼都沒有，只註記「罕普羅」。

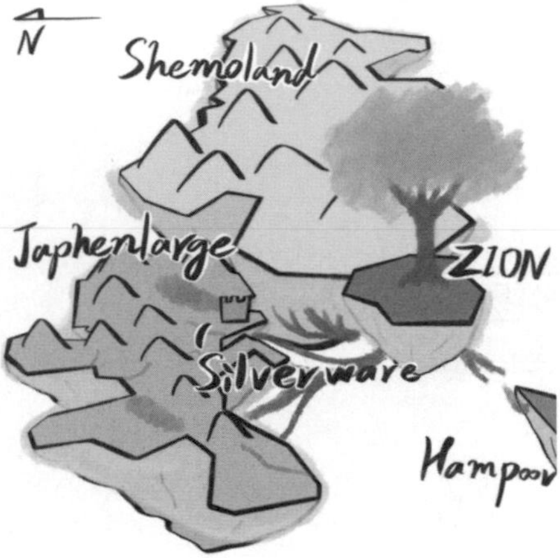

後記——

本想自己畫一幅類似奇幻文學中的世界地圖。打稿的時候發現像小學生的塗鴉，我靈光一閃，何不順著劇情讓它真的是小朋友畫的？於是乎，年幼的威廉就揹了這個鍋。

【一章7節】

「才不是身手的問題，是——」約翰的頭頂才剛越過門楣，一個身影從天而降，重重砸在兩人跟前，並且揚起一小波塵浪——

（繪師：品讀人兼同事 FF HIPPO）

後記——

以前女主角亞拿的形象圖都是自己畫的，但功力不到家又不會上色，總覺得她值得擁有一幅漂亮的形象圖，於是花錢拜託品讀人幫我畫一張。當他交出成品時，我被它驚豔到，不顧作者心情果斷「違約」，把它拿去當角角者的封面圖（比賽前），氣得繪師不停抗議：「這、不、是、為、了、封、面、設、計、的！」

【一章8節】

亞拿手臂上的刺青，是三根大小不一的羽毛，相互交錯著。

威廉喊住哭臉面具人：「我不管她跟你們的合作關係有多畸形，但是你們不僅擅自闖進我家，還羞辱我們的客人，從頭到尾沒一句禮貌的話，這就是世界最強商會的商道嗎？」

【一章10節】

伊絲勒起身，取下口鼻上的面罩，扯開包頭巾的同時將金色長髮左右搖擺，接著像擰毛巾一樣，幫頭髮擠出一大把水花。

【題外話——女主角怎麼了】

距今大概有十年了吧，在劇情中，她青澀、單純、善良、可人一個。右圖是現在的形象圖，吸煙管又刺青，儼然壞女人一個。其實也沒有很壞啦，只是表現得更有「個性」一點。

原本並不是故意要讓她「人設崩壞」的，而是在細思新版的人設與劇情發展時，總覺得，若擁有那種成長環境與不凡身手，會這樣「壞壞 der」應該是很合理的吧！

讓我意外的是，不少品讀人覺得這樣挺好的，表現很有張力，甚至有人覺得這樣很可愛（？）。

我不禁有感，在二次元的世界裡，這麼有個性的角色，不僅能讓讀者印象深刻，還能討人喜歡，但若在現實社會中，社會化守規矩一點還是比較好的，至少朋友可能會多一些。

女主角從鄰家女孩變成小太妹，與其問她怎麼了，不如問——這作者怎麼了？

黑鼠幫

放開我！我可是黑鼠幫的！
感覺很有意思耶，帶我去玩玩吧～
BLACK RAT
姊，好玩嗎？

本斥但多

碰！
老娘是本作最強的，為什麼非得輸給那個千金大小姐不可？
她來找我的時候我本來要大聲斥責的！
茶
但就真的太多了⋯⋯

智取

今天一定要把肥羊扒得一乾二淨！
啊下雨了……
怎麼還沒來？
雨變大了……
哈啾
上尉！普爾節盜賊團淋雨一整個晚上，全都感冒了！
噗哈哈哈

長裙

常有人問，亞拿穿長裙跳上跳下的，不怕曝光嗎？
愚蠢！這還要問？
其實她的裙子是所謂的「魚尾」設計，可以貼緊大腿。
再來！
裙子底下穿性感網襪，就算掀起來也看不清楚內褲！
就說是私心很難嗎？

國家圖書館出版品預行編目資料

靈魂的羽毛：拉比的女兒 / 蕾蕾亞拿作 . -- 初版 .
-- 臺北市：臺灣角川股份有限公司, 2023.07
冊； 公分
ISBN 978-626-352-729-4(上冊：平裝). --
ISBN 978-626-352-730-0(下冊：平裝)

863.57 112007658

靈魂的羽毛 拉比的女兒 (上)

作者・蕾蕾亞拿
插畫・蛇皮

2023 年 7 月 27 日 初版第 1 刷發行

發行人・岩崎剛人
總監・呂慧君
編輯・喬齊安
美術設計・李曼庭
印務・李明修（主任）、張加恩（主任）、張凱棋

台灣角川

發行所・台灣角川股份有限公司
地址・104 台北市中山區松江路 223 號 3 樓
電話・(02) 2515-3000
傳真・(02) 2515-0033
網址・www.kadokawa.com.tw
劃撥帳戶・台灣角川股份有限公司
劃撥帳號・19487412
法律顧問・有澤法律事務所
製版・尚騰印刷事業有限公司
ＩＳＢＮ・978-626-352-729-4